Luisa viaja en tren

Julia Mercedes Castilla

Ilustraciones de Jusabar

www.edicionesnorma.com

Bogotá, Buenos Aires, Ciudad de México,
Guatemala, Lima, San José, San Juan, Santiago de Chile

Castilla, Julia Mercedes
    Luisa viaja en tren / Julia Mercedes Castilla ; ilustraciones
Juliana Salcedo Barrero. -- Bogotá : Educactiva S. A. S., 2012.
    120 p. : il. ; 20 cm. -- (Colección torre de papel. Torre azul)
    ISBN 978-958-45-3922-9
    1. Novela infantil colombiana 2. Historias de aventuras
I. Salcedo Barrero, Juliana, il. II. Tít. III. Serie.
I863.6 cd 21 ed.
A1361034

    CEP-Banco de la República-Biblioteca Luis Ángel Arango

Impreso por Editorial Buena Semilla
Impreso en Colombia – *Printed in Colombia*

www.edicionesnorma.com

Edición: Jael Stella Gómez
Ilustraciones: Juliana Salcedo Barrero
Diseño de cubierta: Alejandro Amaya
Diagramación: Nohora E. Betancourt Vargas

61079222
ISBN: 978-958-45-3922-9

Contenido

Anticipación

Luisa se despertó sobresaltada. Su pequeño cuerpo se estremeció. Jaló el cobertor sobre su cabeza de cabellos castaños y ondulados y cerró los ojos, todavía cargados de sueño. Olvidándose del sobresalto y de por qué se había despertado más temprano de lo acostumbrado, se dispuso a gozar de la cama un rato más. Trató de volver a conciliar el sueño pero estaba demasiado exaltada para dormir.

"Niña Luisa, su desayuno está servido", exclamó una muchacha joven, de cabellos largos que le cubrían parte del rostro. Vestía un uniforme de algodón azul y un delantal blanco.

"No quiero bajar. Quiero desayunarme en la cama", Luisa dijo, abriendo unos hermosos ojos verdes. Estos se resistían a la luz que penetraba por entre la ventana que Graciela acababa de abrir. Luisa tenía once años, pero de acuerdo a sus profesoras, era muy madura para su edad. Después de todo Luisa vivía entre adultos.

"Está bien niña, pero tiene que apurarle, no se le olvide que al medio día salen pa'la finca en el tren", Graciela dijo con cariñosa suavidad.

"Cómo se le ocurre que lo haya olvidado, no he pensado en otra cosa desde hace días. Me parece que no llega el momento de subirme al tren. ¡Viajar en tren es tan emocionante! Este viaje va a ser…". Luisa no encontró la palabra que describiera la imagen que tenía en la mente. Cerró los ojos y se cubrió la cara con la colcha. No poder explicar lo que quería decir la mortificaba.

Graciela, con una sonrisa de comprensión, salió de la alcoba murmurando: "¡Esta niña, qué consentida, válgame Dios!".

Minutos después Graciela volvió con el desayuno.

Luisa apenas pasó bocado, estaba nerviosa y agitada, anticipando un día memorable y lleno de emoción.

"Cálmese niña que se va a enfermar. Su mamá me pidió que me asegurara de que se comiera todo el desayuno".

"Este viaje es maravilloso. Yo nunca he hecho nada tan emocionante, solo voy al colegio y a vacaciones en automóvil". El viaje que Luisa tanto había esperado se haría realidad en unas horas. Desde el día de su Primera Comunión no se sentía tan feliz.

"¡Cómo qué no hace nada! Su vida es de lo más buena, niña. No sea desagradecida. Va a uno de los mejores colegios de la ciudad, donde tiene muchas amigas. La invitan a fiestas y a lugares interesantes. Ya quisieran muchos niños vivir así. Fíjese no más cómo sus papás le dan gusto en todo, la quieren y la protegen de los peligros. ¿Qué más puede pedir una niña? Será mejor que se desayune".

"¿De qué peligros habla? Nada me va a pasar". Luisa no le había puesto mucha atención a lo que Graciela le decía, pero por algún motivo que no precisaba sintió un malestar inexplicable. "Estoy muy nerviosa para comer". Luisa empujó la bandeja hacia los pies de la cama y de un salto llegó al clóset que estaba al frente y abrió la puerta, mientras Graciela insistía en que terminara de desayunar.

"Esta niña se sale siempre con la suya. Primero quiere que le traiga el desayuno a la cama, casi no come y luego sale corriendo. No la debían consentir tanto. ¡Qué muchachita!, cree que todos sus deseos se hacen realidad cuando a ella se le antoja". Graciela trabajaba con la familia desde el nacimiento de Luisa y se creía la encargada de disciplinar a la consentida hija de los patrones, por quien parecía sentir un cariño especial.

Luisa la escuchaba sin registrar las palabras que se conocía de memoria. Graciela no perdía oportunidad de sermonearla como si fuera su mamá.

La empleada recogió la bandeja en la que llevaba un huevo tibio sin tocar, dos tostadas mordidas y medio vaso de jugo de naranja, y salió de la alcoba murmurando algo que Luisa no entendió.

Luisa era hija única y el centro de atención de su familia. Aún en el colegio se las arreglaba para estar siempre rodeada de sus compañeras. Ella sabía que era la niña más popular de su clase y una de las mejores estudiantes.

A Luisa le encantaban los halagos y la atención de que era objeto. Estaba convencida de que todas las personas que la conocían la querían. Tina, una niña tímida y callada, era la única de sus compañeras de clase que parecía no querer tener nada que ver con ella. Aunque la miraba constantemente, nunca le decía nada.

Luisa no entendía por qué Tina no le prestaba atención como lo hacían sus otras compañeras. Esto la irritaba. Tina era una niña extraña, sin gracia, poco inteligente y no tenía amigas.

A Luisa le gustaba aprender y siempre hacía sus tareas para tener buenas calificaciones y que la quisieran y admiraran sus profesoras y compañeras. No tenía intenciones de ser un ratoncito de biblioteca como Tina, a la que nadie tenía en cuenta.

"¿Luisa, dónde estás? ¡Ven acá!", llamó mamá, entrando a la habitación.

"Me estoy vistiendo", contestó Luisa desde el clóset donde buscaba qué ponerse.

Estos *jeans* y esta blusa de algodón te quedan muy bien para el viaje".

"¿Mamá, por qué no puedo escoger yo mi propia ropa? Siempre quieres que me ponga lo que no me gusta. Esa blusa es fea. Quiero ponerme esta". Luisa sacó un blusón de un cajón.

"Ese pulóver es muy caliente para el clima de la finca. Es mejor que te pongas una blusa ligera y un suéter que te puedas quitar cuando haga calor", mamá insistió.

"Déjala que se ponga lo que quiera", interrumpió papá, asomando la cabeza en el cuarto. A no ser que fuera peligroso para ella, papá no parecía poder contradecirla en nada. A Luisa le habían dicho que papá era un hombre de negocios, fuerte, respetado y temido por sus empleados, pero según mamá, cuando se trataba de Luisa su padre se convertía en cera blanda.

A pesar de los argumentos de mamá, quien también le daba gusto a Luisa en la mayoría de las ocasiones, al final consintió en dejarla vestir el pulóver azul que Luisa quería.

Mamá había trabajado como terapeuta antes del nacimiento de Luisa. Ahora solo trabajaba como voluntaria un día a la semana, dedicando la mayoría de su tiempo a la crianza de su única hija.

"¿Qué tienes en esa bolsa?", preguntó mamá. "No puedes llevar todo lo que se te ocurra".

"Sólo guardé unas cosas que necesito. Yo la cargo", Luisa dijo, agarrando la bolsa.

"¿Qué cosas? Yo empaqué todo lo que puedas necesitar en la finca. No podemos llevar todo esto en el tren. Ya tenemos mucho equipaje de mano. Déjame ver que llevas ahí".

Con desgano Luisa le entregó sus preciadas posesiones a mamá. "Sólo llevo unos libros, colores, unos juegos y otras cosas que quiero tener conmigo en el viaje y en la finca. No está pesada. Déjame llevarla".

"No tenemos tiempo para discusiones", volvió a interrumpir papá. "Entre los dos la cargamos. ¿Verdad Luisa?".

"Ustedes dos son imposibles. Apresúrense que se hace tarde". Mamá se sonrió, le devolvió la bolsa a Luisa y salió de la alcoba.

La mañana transcurrió en preparaciones y carreras. Luisa y sus padres llegaron a la estación del tren faltando unos minutos para su salida.

El viaje en tren

"¡Apúrenle que nos va a dejar el tren!", gritó Luisa, corriendo por los corredores de la estación, jalando de la mano a papá. Mamá corría detrás. Luisa no cabía en sí de la excitación. Sus padres la miraban con cariño y, contagiados del mismo mal, abordaron ansiosos el tren.

"¿Papá, cuánto tiempo nos demoraremos en llegar a nuestra finca?", Luisa preguntó, haciendo énfasis en 'nuestra'. Con ansiedad esperaba que el vehículo iniciara su recorrido. Habían logrado encontrar buenos puestos. Luisa había convencido a sus padres de que le dejaran el asiento contra la ventana.

"En unas pocas horas estaremos allá", papá dijo, orgulloso de haber logrado conseguir una hacienda cerca del pueblo donde había nacido. Papá siempre había soñado con poseer una hermosa finca que fuera la envidia y admiración de quien la conociera. Circunstancias económicas que Luisa no conocía habían demorado la compra de la finca por varios años.

"Gracias por darme gusto en hacer este viaje en tren. Los trenes son tan interesantes". Luisa no encontró un mejor adjetivo que calificara el vehículo por el cual había suspirado mucho tiempo. Había convencido a papá de que hicieran el viaje en el ya un poco anticuado y despacioso aparato.

"Cuando yo era pequeña, viajaba en tren por lo menos dos o tres veces al año", mamá dijo, sonriendo con esa sonrisa que iluminaba su cara redonda y placentera y unos grandes ojos verdes como los de Luisa.

Luisa estaba orgullosa de haber heredado los ojos verdes de mamá. Sus amigas le decían que era una creída, pero a Luisa no le importaba. Sabía que era bonita, todos se lo decían y ella les creía. Era más hermosa que mamá. Ella misma se lo había dicho.

"Tuviste mucha suerte. Yo quisiera viajar en tren todos los meses".

La atención de Luisa se concentró en el tuc tuc de la serpiente de metal que poco a poco se alejaba de la ciudad, devorando edificaciones que fueron desapareciendo para darle paso al verdor del paisaje, enmarcado por las imponentes montañas andinas.

Una sensación desagradable hizo que Luisa volteara a mirar. Un par de ojos la observaban intensamente. El dueño era un muchacho de unos quince años, alto y flaco, que vestía unos polvorientos pantalones grises a rayas y una camisa de color indefinido. Su rostro moreno estaba casi oculto debajo de un sombrero viejo.

Al notar que Luisa se fijaba en él, este se entretuvo conversando con su compañero de viaje, un hombre varios años mayor y bastante grueso. El gordo engullía toda clase de viandas que sacaba de una bolsa plástica que el hombre guardaba a un lado del asiento.

Luisa, como hipnotizada, observaba a la pareja. El gordo y el muchacho le producían miedo y curiosidad, aunque pronto se olvidó de ellos. Otros pasajeros llamaron su atención. Una pareja, envuelta en ruanas color lana, luchaba con dos pequeños, un niño y una niña de unos dos o tres años respectivamente, quienes insistían en correr de un lado al otro del vagón. Dos señoras de edad fijaban sus cansados ojos en las montañas, tal vez sumidas en recuerdos de un pasado que parecían revivir con emoción. Un grupo de hombres comentaba sobre los últimos acontecimientos políticos y defendían acaloradamente sus puntos de vista, que poco interesaron a Luisa.

"Mamá, puedo invitar a mi amiga Gloria la próxima vez que vengamos a nuestra finca? Quiero viajar con ella en un tren como este. ¿Puedo mamá?".

"No creo que sus padres la dejen. Son muy estrictos. De todas maneras hablaremos de esto cuando llegue el momento".

La respuesta de mamá fue del agrado de Luisa. Estaba segura que acataría sus deseos, siempre lo hacía. Luisa sacó un libro del morral pero no lo abrió. Su mente divagaba mientras miraba a su alrededor con curiosidad, sin fijarse en nada. Se había cansado de observar a los viajeros, pasando a entretenerse con la idea de llevar a sus amigas a la hacienda. Le gustaba más la palabra hacienda, tenía más prestigio.

Un sacudón del tren sacó a Luisa de sus cavilaciones. "¿Qué pasa?", preguntó asustada.

"No te preocupes, estamos llegando a la primera estación. Pararemos en varias poblaciones antes de llegar a nuestro destino". Papá parecía gozar con ella lo que él tanto había gozado cuando de pequeño hacía la misma travesía. "Me encanta que estés disfrutando de esta experiencia. Todavía me acuerdo cuando…".

Papá tenía una mirada soñadora en su rostro mientras le contaba a Luisa las aventuras de su niñez. Ella había oído las historias de los viajes de papá en tren más de una vez. A

Luisa le interesaba más lo que pasaba a su alrededor.

Antes de que el tren parara por completo, lo rodearon toda clase de vendedores, ofreciéndoles a los pasajeros gran variedad de comestibles y bebidas. Luisa los miraba con curiosidad.

"La avena pa'la sed, sumercé, cómprela, está bien fría", gritaba a todo pulmón una mujercita de corta estatura, con un sombrero de hombre que casi le tapaba sus pequeños ojos negros. Los pasajeros sacaban sus cabezas en busca de refrescos y manjares favoritos. El líquido espeso y blanco se desbordaba de los vasos hacia una bandeja esmaltada y pelada.

"Compren la gallina, caliente y deliciosa", chillaba otra mujer, moviendo sus carnes flojas, envueltas en un sucio delantal de cuadros azules y blancos. Corría de un lado para otro, ofreciendo las presas del animal, amarilloso por el color con que se había preparado para hacerlo más apetitoso a los clientes.

"¡Pan fresco, patrones, llévenselo!", gritaba otro vendedor, levantando un canasto lleno del apetitoso pan.

Un joven, vistiendo una camisa sin botones, corría hacia el tren gritando a todo pecho "papas chorreadas, chicharrones".

"Papá, mamá, yo quiero papas, pollo y eso que llevan ahí", Luisa gritaba, exaltada por lo que veía, contagiada por el bullicio que la rodeaba.

Papá le sonrió. "Con calma hija, que no podemos comer todo los que se nos ofrece. Decide qué quieres".

"¿Qué tal una ensalada de frutas?", mamá propuso. Los ojos se le iban detrás del refresco de frutas que se le brindaba bajo la ventana.

Luisa pedía casi de todo lo que pasaba por enfrente. Sus padres le dieron gusto, y ella gozaba cada minuto y cada bocado que se llevaba a la boca.

Se deleitaban comiendo y gozando del espectáculo que los padres revivían y que Luisa experimentaba por primera vez.

"Todo esto es tan emocionante. Cuando vuelva a casa les voy a contar a mis amigas sobre este viaje. Se van a morir de la envidia". Luisa se complacía con la imagen de sus compañeras de clase escuchándola con la boca abierta.

El tren reanudó su marcha y Luisa se tranquilizó. Tal vez invitaría a todas sus compañeras, inclusive a Tina —se sentía magnánima—, y haría una gran fiesta. Dejó que su imaginación corriera libremente. Soñaba con toda clase de maravillas que esperaba se convirtieran en realidad de un momento para otro.

Un acontecimiento inesperado

El viaje continuaba alegremente mientras el paisaje cambiaba de eucaliptos y verdes praderas, típicas de las tierras frías, a platanales y vegetación propia de tierras cálidas. Suéteres y ruanas se deslizaban de los hombros de sus dueños y las ventanas se abrían para dejar pasar el aire que refrescaba sus cuerpos acalorados.

En cada pueblo se repetía la venta de comida y refrescos. Luisa había comido tanto que sentía que su estómago iba a estallar. Ni un sorbo de agua le bajaba por la garganta.

Después de la siguiente estación llegarían a su destino. Luisa, soñolienta, cabeceaba sobre el hombro de mamá, mientras papá hablaba sobre la región a la que se acercaban.

Luisa se quedó dormida. Soñó que estaba en un restaurante y papá la obligaba a comerse todo lo que los meseros traían a cada una de las mesas. Ella le imploraba que la dejara ir a casa, pero él no daba su brazo a torcer. "Tienes que comerte hasta el último bocado de comida que tengan en este restaurante", le decía cada vez que ella le pedía que no la obligara a comer más.

El tren se detuvo lentamente despertando a Luisa de su pesadilla. Se sentía incómoda y llena. "Papá, tuve un sueño horrible. Me obligabas… No puedo contarte, hablar de comida me revuelve el estómago. Me siento mal. Mamá, quiero una gaseosa, tal vez me ayude".

"Te dijimos que no comieras tanto, ahora la vas a pasar mal el resto del día". El reproche de mamá iba lleno de preocupación. Cualquier malestar que Luisa tuviera la ponía en alerta. Los médicos le habían dicho a mamá que no tendría más hijos, pero Luisa insistía en que quería hermanos y hermanas como todo el mundo.

"No te inquietes", dijo papá. "Todos los niños pasan por las mismas en estos viajes. Yo me engullía de todo lo que podía cuando tenía su edad. Una vez me puse tan mal que mis padres decidieron bajarse del tren. Pasamos la noche en la pensión de un pueblo. ¿Cómo se llamaba ese pueblo? Bueno, no es importante. Nunca me olvidaré de esa aventura".

"Tendremos que hacer lo mismo si Luisa se enferma". Mamá miraba a Luisa fijamente como si pudiera aliviarla con el poder de su mente. "Le damos demasiado gusto. No hemos debido dejar que comiera tanto".

Papá pasó la mano por la cabeza de Luisa, acariciándole el cabello. "Es sólo un poco de indigestión. Se está divirtiendo mucho".

"Mamá, mira, allá viene alguien con unas bebidas. Dame dinero", Luisa dijo, sacando la cabeza por la ventana para llamar al vendedor.

"Ya estamos cerca de nuestro paradero. Es mejor no comer ni beber nada más", papá dijo frunciendo el ceño.

Mamá buscaba algo entre la cartera. "Tengo unos antiácidos muy buenos para la indigestión. Toma, chupa esta pastilla".

Luisa apenas oyó a mamá, ya tenía la cabeza casi fuera de la ventana, tratando de llamarle la atención al joven de las bebidas. Un aire agradable sopló sobre ella.

"¿Quiere cola, agua mineral, avena…?", le ofreció el chico amablemente.

"¿Usted?", preguntó Luisa con curiosidad, reconociendo al muchacho por la vestimenta y el viejo sombrero que cubría parte de su rostro oscuro. Luisa volteó a mirar hacia la pareja que la había asustado unas horas antes y que ella había olvidado. Esta había desaparecido. Luisa, perpleja y confundida por lo insólito del acontecimiento, no supo qué hacer.

El muchacho no contestó, tomó una gaseosa y se la ofreció. Luisa estiró la mano para recibirla pero la bebida estaba lejos del alcance de su mano. Luisa puso la rodilla sobre el borde de la ventana y se agachó a recibir la gaseosa.

"¡Cuidado!", gritó mamá, agarrando a Luisa de una pierna.

El tren dio un repentino tirón, haciendo que mamá la soltara. Luisa se resbaló y se fue de cabeza, cayendo sobre el contenido de la bandeja. Sintió los vasos romperse bajo sus costillas. Mamá gritaba mientras ella trataba de agarrarse de algo. Segundos más tarde rodaba y rodaba hasta ir a parar contra un arbusto.

Todo pasó tan rápido que Luisa no alcanzó a registrar de inmediato el hecho de que se había caído del tren y había rodado hacia una cuneta a varios metros de distancia. Oyó gritos en la lejanía y el pito del tren que anunciaba su salida. Aturdida, se puso de pie como pudo, mientras trataba de entender lo que le había sucedido. Le dolía la cabeza y todo el cuerpo.

"¡MAMÁ! ¡PAPÁ!", gritó a todo pulmón. Estaba demasiado confundida para darse cuenta de la situación tan extraordinaria en la que se encontraba. De todas maneras continuó gritando como si otra persona lo hiciera por ella.

Los rostros de sus angustiados y perplejos padres, sus cuerpos casi colgando de la ventana y los brazos extendidos como si de alguna manera pudieran alzarla, se perdieron en medio de gritos y desconcierto. El tren había reanudado su marcha.

Luisa, como hipnotizada, miraba la cadena de vagones desaparecer en el horizonte, dejándola sola, entre una cuneta, a la entrada de un pueblo desconocido para ella. Por un momento la mente le quedó en blanco, como si hubiera perdido el sentido de la realidad.

El recorrido

Pasaron varios minutos. Luisa continuaba de pie sin saber qué hacer, tenía raspaduras en brazos y piernas, la ropa desgarrada y el terror corriéndole por el cuerpo. Su confusa mente no lograba entender el momento que vivía.

Papá y mamá vendrían a rescatarla, se bajarían del tren y vendrían por ella, claro que lo harían. La seguridad que le inspiraba este pensamiento le ayudó a calmarse un poco. Los esperaría sin moverse de donde se había caído.

Una mano callosa y fuerte la agarro del brazo. Luisa estaba todavía tan confundida que ni siquiera se asustó. No había sentido pasos ni ruido alguno.

"Parece que no le pasó nada niña. ¿Y ahora que piensa hacer?", preguntó el muchacho, el mismo que le había ofrecido las gaseosas.

"Mis papás me van a recoger en un rato", Luisa dijo entre sollozos. Necesitaba desahogarse, ya no podía reprimir el terror que la invadía. Dejó que un llanto desgarrador aliviara el tumulto de emociones que llevaba dentro.

El chico esperaba impaciente a que Luisa dejara de llorar.

El pensamiento la asaltó en el momento que el llanto se acalló. "¿Usted por qué se bajó del tren, y por qué estaba vendiendo…?". La mente de Luisa no tenía suficiente claridad para terminar de formular preguntas que ya no tenían importancia.

"Ese es mi negocio. Venga conmigo, mi papá sabrá qué hacer", el muchacho dijo sin dar explicación alguna sobre el negocio al que se refería. "¿Quién va a pagar por los vasos rotos y los refrescos perdidos?".

"No, no voy a ir con usted a ninguna parte. Yo espero aquí". Luisa no estaba dispuesta a moverse del sitio. Lo de los vasos rotos no la inmutó. Papá pagaría cuando viniera por ella.

"Allá usté". El chico dio media vuelta y se alejó.

El abandono en el que quedó fue más agobiante de lo que Luisa podía soportar. De pronto se sintió incapaz de quedarse allí, sola y desamparada. Esperaría a sus padres en la estación del tren. Sí, claro, cómo no se le había ocurrido. Este era el mejor sitio para esperarlos.

Luisa se sacudió la ropa, se limpió la sangre de las piernas y salió en busca de la estación. Caminaba despacio, mirando de un lado a otro. El lugar estaba desierto. Una pequeña caseta se divisaba a unos pocos metros de distancia. ¿Dónde estaba el edificio donde esperaban los pasajeros?

Llegó a la caseta con el corazón encogido. No había nadie. La puerta estaba cerrada. Un letrero pegado a la ventana tenía escrito en letras rojas "El próximo tren sale mañana a las siete".

Luisa golpeó a la puerta hasta que se cansó. No había sitio donde sentarse. El silencio era aterrador. Un pequeño poblado de pequeñas casas se divisaba desde donde se encontraba. Encontraría un lugar en el pueblo donde esperar. La asustaba el desolado sitio. Papá la buscaría en la aldea.

Empezó el recorrido despacio, acelerando el paso al acercarse al pueblo. La carrera llegó a su fin frente a un auto grande y viejo de color negro que estaba estacionado debajo de un árbol, en una calle polvorienta.

Rendida y casi sin resuello, Luisa decidió sentarse bajo el árbol y recuperar las fuerzas para continuar su camino hasta la plaza principal. Allí buscaría un lugar donde pudiera sentarse a esperar a sus padres. Recostó la cabeza contra el tronco y cerró los ojos. Seguro

que cuando los volviera a abrir estaría senta-
da en el tren junto a mamá.

"¡Niña! ¿Qué hace aquí? ¿No dijo que no
se iba a mover de donde se cayó?".

Luisa abrió los ojos, encontrándose otra
vez frente al muchacho flaco que parecía apa-
recérsele en todas partes.

"Es mejor esperar en el pueblo". Luisa se
puso de pie para continuar su camino. El chico flaco la ponía nerviosa.

"Espere niña. Mi papá la puede llevar en
el carro".

Luisa volteó a mirar hacia el vehículo a
unos pocos pasos de distancia. No precisó a la
persona que se encontraba al volante.

"Venga, niña". El muchacho la jaló del
brazo y la llevó hasta el automóvil.

"Papá, ¿qué hacemos con ella? ¿La dejamos en el pueblo?", preguntó el muchacho,
sosteniendo a Luisa del brazo.

"Déjeme pensar, que de alguna manera le
sacaremos provecho al asunto". El hombre
hablaba como si Luisa no estuviera presen-
te. "Fue una suerte que esta niña cayera en
nuestras manos. Las carteras que hemos estado robando en el tren han estado cortas de
dinero. Su negocio de venta de bebidas en los
pueblos… no vale la pena ese trabajo. Seguro
que los padres de la muchachita nos dan una
buena recompensa por haberle ayudado a su
hija". El gordo se relamía el labio superior,
anticipando el fruto del negocio que le había

caído encima. "¡Entren, pronto, que tenemos que llegar a tiempo a coger la barca!".

"Yo sólo quiero ir al pueblo a esperar a mis papás". ¿De qué barca estaban hablando? pensó Luisa. ¿Irían a llamar a la policía, a su casa o a alguien que le ayudara? La voz del hombre la ponía a temblar.

El chico, sin ponerle atención, abrió la puerta de atrás del auto y empujó a Luisa hacia adentro. La niña rodó por el asiento de atrás hasta golpearse con la otra puerta. Su cuerpo temblaba como una hoja y sus grandes ojos verdes se abrían desmesuradamente. Aterrorizada, se encogió como queriendo desaparecer.

"¡Siéntese y quédese quieta!", le gritó el muchacho. El tono en el que hasta ahora le había hablado cambió por completo. Ya no le hablaba con amabilidad sino a los gritos. ¿Qué estaba pasando?

Luisa había reconocido al chofer, era el mismo hombre que en el tren conversaba con el muchacho. Luisa trató de hablar pero no salió palabra alguna de su boca.

Ahora nunca me encontrarán, pensó Luisa, llorando amargamente.

El chico emitió un silbido extraño. "De verdad que estuvimos de buenas al encontrar esta niña, ¿cierto papá?".

"Eso espero. Hizo bien en traerla, Marco". El hombre prendió el motor. "Cuando salió corriendo la primera vez, no sabía que locura se le había ocurrido. Yo no vi caer a la niña. Lo iba a esperar un rato y me iba a ir. ¿Pero por qué la dejó allá cuando la encontró?".

"No quiso venir. Yo no sabía que podían darnos recompensa por encontrarla. De todas manera volvió a aparecer. ¿Ya ve que no soy tan estúpido como usted cree?". Marco levantó la cabeza como si hubiera crecido varios centímetros. "Yo sabía que esta niña nos traería buena suerte. Todavía no me explico cómo se cayó del tren. Nunca había visto a nadie caerse por la ventana de un tren".

El padre masculló algo que Luisa no entendió y se pusieron en marcha.

Una media hora, o tal vez más tiempo, pasó Luisa acurrucada en el asiento de atrás del vehículo, sintiendo los huecos y trancazos de una carretera o camino en mal estado. El estómago se le revolvía. El automóvil cambió de ruta varias veces para terminar su marcha en una fuerte frenada, que golpeó a la desventurada contra el asiento delantero.

Su estómago lleno y resentido no respondió bien al movimiento del vehículo y vomitó su contenido, dejándola extenuada.

Papá le había dicho que nunca dejaría que le pasara nada malo. ¿Dónde estaban papá, mamá y todos los que decían que la amaban tanto? Seguro que era un sueño. Estaba viviendo una pesadilla por haber comido tanto. Mamá se lo había advertido.

De un jalón la sacaron fuera del auto, que dejaron en una especie de galpón. El muchacho, enfurecido con Luisa por haber ensuciado el carro, le gritó algo que ella no entendió, mientras la arrastraba con rapidez hasta llegar a orillas de un río. Ella se acordaba haber pasado ese río en el tren. Papá le había mostrado con orgullo el río más largo e importante de su país.

Una barca esperaba a que se subieran unos pocos pasajeros. El trío la abordó precipitadamente. Luisa miraba a su alrededor, en completo atolondramiento, sin lograr comprender por qué estaba allí, en un sitio desconocido, rodeada de gente extraña.

Hacía mucho calor y los mosquitos la picaban sin piedad. El sudor hacía que le ardieran las raspaduras que tenía en las piernas. Un hombre bajito y sudoroso remaba tan rápido como le era posible, moviendo sus manos callosas con gran agilidad. Al rato llegaron al otro lado del río. Alguien la ayudó a bajar de la barca, la que pronto desapareció en el horizonte.

"Quiero despertarme. ¡Mamá!, ¿dónde estás?". Nadie le contestó.

Continuaron el camino a pie. Luisa se caía con frecuencia, raspándose las rodillas más de lo que ya estaban. Marco la levantaba y la obligaba a seguir caminando. El gordo la ignoraba, como si no quisiera tener que ver nada con ella.

Luisa había perdido el sentido del tiempo. Le parecía que hacía mucho que se había bajado de la barca y que había caminado por una eternidad. El gordo y su hijo no habían atravesado palabra alguna. Finalmente pararon frente a una pequeña casa de adobe. Luisa retrocedió esperando un milagro.

"Venga niña", gritó el hombre.

Luisa se fue de bruces sobre la arena; las piernas no la sostuvieron. Las rodillas se volvieron a lastimar. Sangre y arena se mezclaban en las piernas pálidas de Luisa, quien emitió un gemido de dolor. Las lágrimas se desbordaban de sus ojos sobre su asustado rostro. Sollozos y gritos de desesperación estallaron incontrolables, iniciados por el ardor causado por las peladuras.

"Cállese, niña. ¿Nunca se había raspado las rodillas?", le gritó Marco, jalándola de los brazos para que se levantara, mientras la miraba como si Luisa fuera culpable de la vida que el destino le había preparado.

"Quiero a mi mamá y a mi papá. Lléveme donde están ellos, por favor". Luisa arrancó otra vez a llorar.

Pasaron varios segundos antes de que pudiera controlar las lágrimas que lavaban sus mejillas. Sintió un poco de descanso cuando finalmente logró desahogarse. Luisa, a través de sus lágrimas, observaba la pequeña casa de paredes blancas a la que con rapidez se dirigían.

"¡Papá, mamá! ¿Dónde están? ¿Por qué estoy aquí? ¿Quienes son estas personas? Se supone que me cuiden y me protejan. ¡Por favor, vengan!". Los sollozos se ahogaron en la garganta de la desdichada Luisa.

El encierro

Una mujer huesuda y desgreñada se asomó a la puerta. Con ojos cansados y opacos observó a la recién llegada con curiosidad.

"Romelia, hágase cargo de esta niña. Más tarde le doy los pormenores. Por ahora llévela al cuarto de atrás y cierre la puerta con candado", el gordo dio la orden, dirigiéndose a la mujer, quien con desgano y sin prisa se acercó a Luisa, la tomó de la mano y la llevó a la casa.

Pasaron por entre un recinto encementado y oscuro. Un par de ojos grandes y brillantes la observaban desde atrás de una silla de vaqueta con el cuero del espaldar roto, dejando ver la cara de una niña sucia y asustadiza.

"Esta será su habitación por ahora. Seguro que no sabe lo que es ser pobre y pasar trabajos", la mujer dijo, inspeccionando a Luisa de arriba a abajo con el mismo desgano con que caminaba. Su huesudo cuerpo, cubierto con un vestido floreado y manchado, parecía moverse en cámara lenta como una marioneta mal conducida. Su rostro se veía marchito y sin vida, su cabello lacio caía en cadejo sobre cuello y orejas. Romelia hizo un gesto que Luisa no entendió y salió del aposento.

El pequeño cuarto quedaba a unos pasos del recinto que acababan de pasar y que parecía ser el principal de la casa. Luisa se estremeció al sentirse sola en el oscuro y diminuto lugar. Un catre, con un colchón hundido en la mitad, se divisaba debajo de una pequeñísima ventana por la que apenas penetraba suficiente claridad para no quedar en tinieblas. El catre y un asiento de madera sin fondo amoblaban el lugar.

Luisa, extenuada y aterrada, apenas se daba cuenta de lo que la rodeaba, demasiado asustada para entender lo que pasaba. De alguna manera sacó fuerzas para gritar que la sacaran de allí. Nadie le puso atención. ¿Dónde estaban sus padres, sus amigas y todos los que la querían y halagaban? Las personas en esa casa no la querían. ¿Por qué? Ni siquiera las conocía.

La mente de Luisa registraba todo lo que veía, aunque no estuviera poniendo atención.

Sus amigas y compañeras de clase le decían que esto no era normal, pero para ella era algo que no tenía misterio.

Romelia había cerrado la puerta al salir. Luisa había visto el grueso candado que colgaba de un pasador por fuera de la puerta, dejando una rendija de unos dos o tres centímetros. Se sentó en la cama. Esta crujió, lo que la hizo brincar como un resorte.

Una sensación de frío, a pesar del calor que hacía, la envolvía de pies a cabeza. Su cerebro se resistía a aceptar como realidad lo que le estaba pasando. "¿Estaré soñando?", volvió a preguntarse. "Seguro que es una pesadilla y quiero que se vaya pronto. Quiero despertar en mi casa", murmuró asustada.

Después de llorar por un largo rato, Luisa cerró los ojos recordando los hermosos sueños que le habían endulzado el amanecer de ese día que había empezado con tanto entusiasmo y anticipación, y que terminaba en forma insólita y absurda. Era una pesadilla. No podía ser otra cosa.

"Mamá, despiértame, por favor. Quiero ir a la finca en tren. Prometo no volver a comer tanto. Por favor…". Luisa ya no sabía si estaba dormida o despierta. Por un momento tuvo la sensación de estar flotando, mientras se observaba a sí misma.

Finalmente se quedó dormida sobre la mugrienta almohada, esperando despertar lejos del horrible lugar donde se encontraba. En sueños vio a sus padres y corrió hacia ellos pero no pudo alcanzarlos. Cada vez que se acercaba, estos se alejaban hasta desaparecer de su vista. Después soñó que estaba en el patio del colegio rodeada por sus compañeras. Tina la miraba con tal intensidad que la asustó.

"¿Por qué no me quieres?", le preguntó a Tina.

"Tú eres la que no me quieres. Nunca juegas conmigo y yo sé jugar como las otras", Tina dijo llorando.

"Como no hablas conmigo creí que no querías ser mi amiga. Vamos a jugar". Si antes no le gustaba Tina ya no se acordaba del motivo. Quería ser amiga de ella y de todas las personas que conocía.

"No Luisa, no juegues con Tina. Si juegas con ella, no volveremos a ser amigas tuyas", gritaron sus compañeras, alejándose y dejándola sola. Luisa salió corriendo detrás de ellas pero no las alcanzó. Todas se habían ido, incluyendo a Tina.

Hacía poco se había despertado y no tenía idea si era de día o de noche. ¿Dónde se encontraba? Una sensación de ser observada hizo que Luisa dirigiera su mirada hacia la puerta. Un par de ojos que parecían penetrar la penumbra la miraban con curiosidad por entre la rendija.

Luisa se acercó y fijó sus ojos —ya más acostumbrados a la oscuridad— en la figura de una niña más o menos de su misma edad, la misma que había visto detrás del asiento el día anterior. Esta se había retirado lo suficiente para que Luisa pudiera verla. Por entre la hendidura alcanzaba a divisar el cuerpo delgado de la pequeña, quien vestía un traje rojo desteñido por el uso y muy corto, apenas le cubría el cuerpo. Tenía una mirada triste y escudriñadora que Luisa sintió penetrar hasta el fondo de su ser. Su visitante le recordaba a Tina.

Pasaron varios minutos en silencio. Finalmente Luisa sacó fuerzas suficientes para que algunas palabras salieran de su garganta. "¿Sabe por qué me trajeron aquí?", preguntó por entre la rendija.

La respuesta que Luisa esperaba nunca llegó. "¿Cómo se llama? Yo me llamo Luisa y quiero salir de aquí". Luisa rompió a llorar.

"Alba", murmuró la niña en voz tan baja que Luisa tuvo que esforzar su oído para oír el susurro. "Mi nombre es Alba", repitió en voz algo más potente.

"Alba, ayúdeme a salir de aquí. Quiero ir a casa. ¿Esa señora es su mamá? Llámela y dígale que abra la puerta y me deje ir. ¿Por qué me trajeron aquí?".

Luisa continuó hablando de todo lo que se le venía a la mente. Instintivamente esperaba hacer amistad con su visitante.

Alba hizo un movimiento de cabeza y no dijo nada.

"Por favor, Alba, hábleme, ayúdeme".

Alba la miraba con esos ojos brillantes que parecían quemar; eran intensamente negros y aterciopelados, tan grandes que el resto del rostro era sólo un marco para sus ojos.

La extraña criatura se movió hacia la puerta, era su turno de mirar por entre la rendija. Callada, observaba a Luisa con detenimiento.

"Si me ayuda, mis papás le darán lo que quiera. Estoy muy asustada. Ellos me deben estar buscando por todas partes. Por favor, ayúdeme", Luisa hablaba entre sollozos con la esperanza de ser escuchada por la menuda niña que, como ella, no parecía tener suficiente fuerza para emprender ninguna hazaña heroica.

Lo ajeno de la situación la hacía sentir en desventaja. Papá hubiera sabido qué hacer, él era fuerte y sabio. Mamá la protegía de los peligros. ¿Por qué no lo hicieron?

El silencio de Alba continuaba para desesperación de Luisa, quien insistía en preguntar e implorar.

"Alba, ¿es que piensa quedarse ahí, mirando por entre la rendija a esa niña consentida? Venga a ayudar. Yo no puedo hacerlo todo. Ande, a trabajar, y sin chistar". La voz de la mujer apremiaba. El resentimiento y el descontento vibraban en cada palabra que salía de su boca.

Alba se alejó sin emitir sonido alguno, dejando a Luisa sola, desesperada, incapaz de entender lo que sucedía.

La soledad

Nadie volvió a aparecer. Ese primer día Luisa oyó ruidos, voces, peleas, llantos, pero ella estaba completamente abandonada. La noche llegó negra, tan negra y miedosa que le encogió el corazón. No había luna ni estrellas que enviaran una tenue luz por entre la diminuta ventana.

Con los ojos rojos de llorar, la garganta seca y un horrible malestar, pasó Luisa la mitad de la noche hasta que el cansancio y el sueño la sumieron en un profundo sopor. Era mejor no pensar en nada hasta que papá y mamá vinieran a sacarla de ese horrible lugar. Estaba segura que vendrían. Se lo habían prometido.

Hacía un calor pegajoso y tenía la ropa pegada al cuerpo cuando entre dormida y

despierta oyó los primeros ruidos del día. Si le hubiera hecho caso a mamá de ponerse la blusa de algodón en lugar del pulóver, no se sentiría tan incómoda.

El chirrido de la puerta la sacó del letargo en el que se encontraba. Los párpados le pesaban y la cabeza le dolía.

"¿Durmió bien la niña?", Romelia preguntó con sarcasmo. "Tome, tráguese eso, no sea que se muera de hambre". La mujer depositó en el piso, junto a la cama, un tazón de chocolate y un pedazo de pan. Romelia tenía puesto el mismo vestido floreado y manchado que llevaba el día anterior. Su huesudo cuerpo, siempre moviéndose con desgano y lentitud como si no tuviera energía para ir de un lado a otro, se acercó al catre. A Luisa la mujer le producía repugnancia y asco.

"Escriba el número de su teléfono en este papel".

Luisa no sabía qué pensar. ¿Para qué querría la mujer el número del teléfono de su casa? Seguramente iba a llamar a sus papás. La esperanza inundó su corazón. Pero… ellos no estaban en casa, la estaban buscando. Graciela encontraría la forma de comunicarse con ellos. Sí, ella les dejaría saber dónde se encontraba.

Por unos instantes creyó haber olvidado el número que se le había refundido dentro de su memoria. Se acordó del primero, y poco a poco los otros aparecieron escritos en el papel que le dio a la mujer.

Sin pronunciar palabra Romelia agarró el papel, dio media vuelta y salió. El ruido del candado que cerraba la puerta estremeció a Luisa.

Miró el chocolate sin apetito. Su estómago resentido rechazaba el alimento. El pan estaba duro y el chocolate frío, formando una nata desagradable. El desayuno que no se había comido el día que salió de su casa se le presentó en su mente como un manjar exquisito. Se lo hubiera comido con tanto gusto en ese momento. Todo lo que cocinaba Graciela era delicioso. A sus amigas les encantaba que las invitara a comer a su casa.

Graciela conocía los gustos de la familia y les preparaba lo que les gustaba. A papá le encantaban las salsas que ella le hacía casi a diario. Mamá tenía preferencia por las ensaladas, a las que se había acostumbrado de tanto comerlas para tratar de mantenerse esbelta. A Luisa le fascinaban los postres, los pasteles y las galletas que Graciela le preparaba con frecuencia, aunque le decía que no eran buenos para la salud. Cómo extrañaba su casa, su familia y todos los que la habían hecho feliz.

Las horas se desgranaban con lentitud y el hambre le mordía el estómago. Dejando a un lado sus escrúpulos, partió el pan duro y viejo, lo mojó en el líquido y se lo comió, acallando así su maltratado estómago.

Alba volvió a la misma hora que el día anterior. Luisa repitió sus súplicas en vano. La menuda niña de los ojos aterciopelados la observaba en silencio.

Tres días y tres noches pasaron en la misma forma. Luisa creía enloquecer de desesperación. La imagen de papá y mamá la hacía llorar hasta que sus ojos se cerraban. Extenuada, se acostaba en el catre sucio y hundido hasta que se dormía, para despertar unas horas después sobresaltada y confundida.

"Papá, mamá, ¿cuándo vienen por mí?", preguntaba varias veces al día. Ya era tiempo de que Romelia los hubiera llamado y fueran a recogerla.

Por la mañana y por la noche le traían algo de comer. Luisa lo ingería para acallar el hambre, sin fijarse en lo que comía. La mujer ya no le hablaba, solo la observaba como si fuera un bicho raro. Luisa le preguntó varias veces por qué la odiaba, pero la mujer nunca le contestó.

Rezaba con fervor para que el Niño Jesús, que ella con tanta ilusión colocaba en el pesebre en la época de Navidad, la ayudara. "Sácame de aquí, te lo suplico", imploraba de día y de noche.

Pasaba las horas solitarias de su encierro recordando eventos felices. A su mente llegaban las imágenes de las últimas vacaciones que pasó con sus padres y sus abuelos maternos el año anterior. Habían ido a la playa. A Luisa le encantaba el mar, era tan azul y hermoso. A mamá le fascinaba el agua y podía

pasar horas y horas sumergida en el mar o en la piscina. Papá se aburría de esperar y se iba al hotel a leer o a dormir la siesta, mientras mamá y Luisa jugaban en la playa. Los abuelos dormitaban en sus sillones bajo una gran sombrilla.

La Navidad del año anterior, en casa de su tío, saltó repentinamente a su mente. Fue una visión tan real que por un momento creyó estar viviendo el evento. Vio la casa llena de gente y de niños —ocho primos en total—, el pesebre que habían hecho con cajas de cartón y habían cubierto de musgo, casitas diminutas y todo lo que encontraron a la mano, y el árbol de Navidad lleno de regalos. Había sido una Navidad maravillosa.

Anita, una de sus primas, había roto los platos de la vajilla que a Luisa le habían regalado sus tíos. Anita siempre estaba rompiendo lo que le llegaba a sus manos. Luisa lloró tanto que papá le prometió comprarle otra vajilla, pero había recibido tantos regalos que momentos más tarde ya se había olvidado de los platos rotos.

Cuando se reunía con sus primos la fiesta no tenía fin. Siempre estaban planeando algo emocionante. Esa última Navidad Anita y Luisa habían recitado poesías. Los primos mayores cantaron unas canciones muy bonitas. Hasta Marita, la prima más pequeña, bailó varias veces, si dar vueltas y vueltas era bailar. La familia reía y aplaudía.

Extrañaba hasta los regaños de Graciela, aunque siempre le estaba diciendo que era una niña consentida. Luisa no estaba muy segura de qué era ser consentida. Romelia también la había llamado niña consentida.

Cada noche Luisa pensaba en algo agradable. Hasta ahora su vida había estado llena de cosas buenas y ella no se había dado cuenta.

Las escenas en su mente eran tan reales que la transportaban al pasado haciéndola olvidar por un rato el lugar donde se encontraba. Cada vez que volvía a la realidad creía morir, entonces volvía a pensar en algo agradable que la devolviera a su vida anterior.

"Cuando salga de aquí voy a ser la niña más buena del mundo. Lo prometo. Nunca más me enojaré. Haré todo lo que me ordenen los mayores. Quiero ir a casa y estar con papá y mamá", dijo en voz alta.

Si no se hubiera caído del tren estaría en su nueva hacienda en ese momento. Luisa se vio corriendo por los campos, dándole de comer a las gallinas y observando el ganando desde lejos. No le había preguntado a papá sobre los animales que había en la finca, pero Luisa sabía que había pollos, vacas, caballos y cerdos como en todas las fincas del mundo.

Se imaginaba la casa llena de hamacas y muebles de colores. ¿Por qué se cayó? ¿La había castigado Dios? ¿Qué había hecho? ¿Sería por lo de consentida o por creída como decían sus compañeras?

La fuga

Luisa dormitaba cuando sintió un ruido.

"Niña, niña". La voz la llamaba en un susurro casi imperceptible. No estaba segura si había oído la palabra o si había sido su imaginación.

Luisa se sentó en la cama y agudizó el oído. ¿De dónde provenía el susurro? ¿Estaba soñando o estaba despierta?

"Luisa, Luisa". La voz parecía deletrear su nombre. Se levantó en una oscuridad total. Su sentido de orientación la llevó gateando hacia la puerta. Escuchó claramente el tenue sonido del candado que se abría.

"Soy yo, Alba. No haga ruido y sígame".

Antes de que pudiera reaccionar, Luisa sintió que una pequeña mano la agarraba del brazo y la sacaba del cuarto. Su corazón palpitaba con tal fuerza que creyó saltaría de su pecho. Luisa nunca había estado consciente del palpitar de su corazón.

Alba la dirigía con cautela por un oscuro corredor hacia la parte de atrás de la casa. Ella la seguía como una autómata.

Habían avanzado algunos pasos cuando Luisa se tropezó contra algo que hizo un ruido estridente. Pararon en seco, paralizadas del susto. Luisa creyó haberse convertido en estatua.

"Venga, rápido", le dijo Alba al oído. "No haga ningún ruido, ni siquiera respire". Alba la empujó debajo de un mueble que ella no alcanzó a identificar.

"¿Quién anda por ahí?", preguntó Romelia, arrastrando los pies al caminar.

Una luz de bajo voltaje iluminó el recinto. Luisa creyó que iba a dar un alarido, pero se mordió el labio y logró acallar el grito listo a salir de su garganta. Alba la agachó contra el piso. Luisa levantó los ojos y observó a la mujer desde su escondite.

"¿Hay alguien aquí? ¿Marco, es usté?", Romelia volvió a preguntar, mirando y escudriñando cada rincón del aposento.

Después de unos momentos, Romelia, todavía arrastrando los pies, apagó la luz y devolvió sus pasos hacia el lugar de donde había salido.

"¿Qué sucede?", preguntó el gordo, saliendo al encuentro de Romelia.

"Nada. Sentí ruidos pero debió ser el perro. Vamos a dormir".

El gordo volvió a prender la luz. "¿Está segura que no hay nadie por ahí? Es mejor que yo mismo vea con mis propios ojos. No me puedo confiar de una perezosa como usté".

Luisa estaba convencida de que el hombre las iba a descubrir. El terror fue tan grande que empezó a temblar. Los dedos de Alba se enterraban en la piel de Luisa. Se aguantó y no dijo nada. Esperaba aterrorizada a que pasara lo inevitable.

El gordo se paró casi frente al mueble, una especie de cómoda levantada del piso lo suficiente para darle cabida a las dos niñas. "¿Dónde está ese mugroso perro?".

"Debe estar en la cocina", Romelia contestó. "Me voy a acostar".

El hombre gruño algo y caminó hacia la cocina. Luisa quiso salir corriendo tan pronto desapareció la pareja. Alba la empujó de nuevo hacia el piso como si adivinara sus intenciones.

Oyeron ruidos y golpes que venían de la cocina. Luisa creyó que el gordo no iba a terminar nunca la búsqueda del perro. "Voy a salir de aquí. De todas maneras nos va a encontrar".

"Shshshsh, no, no nos va a ver. No se mueva", susurró Alba. "Quédese quieta".

"¡Perro estúpido!", gritó el hombre volviendo al sitio donde se encontraban las aterradas niñas. Pasó la vista por cada rincón, como si esperara encontrar algo o a alguien. Finalmente apagó la luz y desapareció.

Luisa hubiera querido ser invisible. El miedo y la angustia eran tales que no creyó poderlos resistir. Le pareció que había pasado una eternidad antes de que el gordo decidiera irse.

"Tenemos que esperar a que se duerman. No se mueva", le ordenó Alba.

La imaginación de Luisa se disparó. Esperaba que de un momento a otro el gordo se levantara y saliera a buscarlas. "Alba, ¿qué nos van a hacer cuando nos encuentren?".

"Ya le dije que no nos encontrarán", Alba dijo con determinación.

Esperaron tanto rato que las piernas de Luisa se entumecieron. "Tengo miedo, mucho miedo", susurró quedito.

Alba no dijo nada. Minutos más tarde se puso de pie. "No haga ruido. Quítese los zapatos y sígame".

A Luisa le pareció que no llegaban a la puerta o donde fuera que Alba tenía planeado salir de esa casa donde había pasado los peores días de su vida.

Entraron a la cocina, iluminada por los residuos del carbón que todavía ardían en el fogón. Luisa posó la vista sobre el perro que dormía plácidamente en una esquina. El animal levantó la cabeza y se quedó mirándolas. "Va a ladrar y los va a despertar".

"No, no nos dará ningún problema. Me conoce". Alba acarició al perro. "No tenga miedo. Venga".

Con rapidez y agilidad, Alba ayudó a Luisa a subirse a una pequeña ventana por la que con dificultad pasaron sus delgados cuerpos.

En unos pocos minutos se encontraron fuera de la horrible casa. Luisa se puso los zapatos y siguió a Alba en silencio.

"¿Adónde vamos?", preguntó Luisa cuando estuvieron lejos de la temible guarida. Tenía la garganta seca y el miedo metido en el cuerpo.

"No se preocupe, niña. Yo sé de un sitio que nadie conoce, pero tenemos que caminar un buen trecho. Mañana pasamos el río". La voz de Alba inspiraba seguridad y confianza.

Luisa sintió con alivio el fresco de la noche, lleno de ese delicioso aroma del campo, acariciando su dolorido cuerpo. Caminaban con rapidez, sin voltear a mirar hacia la casa que acababan de abandonar.

Poco a poco Luisa se llenó de una energía inesperada. Se sentía capaz de llegar al fin del mundo, si fuera necesario, para volver a estar con su familia.

Caminaron por mucho tiempo. Luisa pensó que la oscuridad de la noche se las sorbería y las mandaría al fin de la tierra. Caminaba rápido, tratando de mantenerse al ritmo de Alba, aunque ya no sentía las piernas. Alba parecía tener alas, sus pies descalzos no tocaban el suelo.

Finalmente llegaron a una pequeña cueva detrás de un frondoso arbusto, en la mitad de una colina a la que habían subido con dificultad. Luisa no se explicaba cómo su salvadora había encontrado el remoto sitio en una noche tan negra.

Cayeron extenuadas en una cama de hojas en la que durmieron profundamente hasta que los rayos del sol, que penetraban por entre las ramas del frondoso árbol, las despertó con su luz y calor.

"¿Qué vamos a hacer ahora?", Luisa preguntó después de aclarar en su mente los acontecimientos de la noche anterior. Nada tenía sentido y Luisa se preguntaba si realmente estaba viviendo un sueño, como había sospechado todo el tiempo.

"Esperaremos hasta que empiece a caer el sol. Para entonces ya no nos estarán buscando, por lo menos aquí". Alba hizo una pausa.

Luisa esperó pacientemente a que su compañera la pusiera al tanto de sus planes. Sentimientos de terror se mezclaban con la emoción de la increíble aventura que estaba viviendo.

Antes de que oscurezca vamos a coger la mula parda que está allá paque'l lado. Cuando vengo aquí juego con ella. En la mula nos vamos pa'un pueblo al otro lado del río donde rara vez van ELLOS. Saldremos cuando haya caído el sol y no nos puedan ver. Al llegar allá vamos a la telegrafía y llamamos a sus papás". Alba dejó de hablar y se quedó pensativa. "Sí, eso es lo que haremos".

"¿Y si nos encuentran?". El sólo pensamiento aterrorizaba a Luisa.

"No, ellos no arriman po'estos lados y no conocen este lugar. Esta es mi cueva, a la que vengo cada vez que puedo. He pensado venir a vivir aquí, sería tan…". Por un momento Alba parecía haberse olvidado de la presencia de Luisa.

"¿Le gustaría vivir aquí sola?", Luisa no entendía semejante deseo. "Yo no podría vivir así. ¿No le da miedo?".

"No, yo sé cuidarme. Cuando una está sola nadie le da ordenes ni la molesta". Las facciones del rostro de Alba se endurecieron de forma extraña.

La mula

"¡Es un día precioso!". Luisa se aventuró a salir de la cueva. Nunca antes había pensado en la belleza de la naturaleza. ¿Estarían cerca de la hacienda?, ese hermoso lugar al que con tanto entusiasmo había esperado llegar.

"No se mueva. Ya vengo", Alba dijo y salió como una exhalación.

Minutos más tarde volvió con unas largas y extrañas ramas. "Coma, niña, son guamas, lo único que podemos comer hoy". Alba abrió las vainas de donde salieron unas pepas blancas y babosas que Luisa nunca había visto.

"Están deliciosas", dijo Luisa, saboreando la extraña fruta.

Cada hora de espera era eterna para las impacientes niñas que se entretenían lo mejor que podían, contándose la una a la otra la historia de su vida. Luisa se enteró de que Alba vivía con la familia del gordo que la trataba como a una sirvienta. Le contó que con frecuencia padre e hijo tomaban el tren de ida y vuelta a la capital para robarles a los pasajeros lo que pudieran, inventando toda clase de trucos.

"Ellos no son mis papás verdaderos y yo no los quiero. Les tengo que decir papá y mamá y hacer todo lo que me ordenan o si no me pegan. Por mucho tiempo no lo hice, pero me cansé de que me golpearan. Ahora ya no me importa llamarlos por cualquier nombre, de todas maneras para mi no quiere decir nada". El rostro de Alba se tensionó y sus ojos brillaban con tal intensidad que Luisa no pudo sostener la mirada.

"¿Dónde están sus verdaderos padres?". Luisa sintió lástima por la niña que había arriesgado su vida para salvarla.

"No lo sé. Me acuerdo de una señora de ojos grandes que me miraba con mucho amor. Yo sé que era mi mamá y me quería mucho, lo siento aquí dentro". Alba se puso la mano sobre el pecho. "Tal vez se murió, o le pasó algo que la separó de mí, estoy segura. Les he preguntado varias veces pero me dicen que no saben, que un día me encontraron rondando por ahí y me recogieron. A todas horas me lo refriegan y me dicen que soy una desagradecida. Yo no les creo nada de lo que dicen. De todas maneras terminé viviendo con ellos". Alba se concentró en la fruta que llenaba su boca, como si no quisiera hablar más del asunto que parecía entristecerla.

"¿Cómo hizo para abrir la puerta y sacarme?", preguntó Luisa cambiando de tema. El pensamiento la asaltó por primera vez desde que salieron de la horrible guarida.

Alba terminó de comerse las guamas antes de contestar la pregunta. "Sabía donde estaban las llaves. Esperé a que se durmieran todos, cogí las llaves y fui a buscarla. Estaba segura que si nos escapábamos juntas, lo lograríamos".

"¿Por qué lo hizo? ¿No le dio miedo?". El solo pensar en el hombre gordo y su familia ponía a Luisa a temblar de pies a cabeza.

"Lo único que me importaba era huir. Traté de hacerlo antes pero el flaco de Marco me encontró y me dieron una golpiza". Los ojos de Alba se oscurecieron aún más. "Él no es mi hermano, es el hijo de ellos. Esta vez somos dos y nos podemos ayudar. Sé que lo vamos a lograr. No nos van a encontrar".

Luisa no dijo nada. Tendría que creer en su nueva amiga. No tenía otra alternativa.

Por fin el sol empezó a ocultarse en el poniente. La penumbra cubrió los campos y montañas que las rodeaban. Con cautela Luisa y Alba salieron de su escondite hacia donde Alba decía se encontraba la mula.

El animal miraba perezosamente hacia abajo como si dudara entre arrancar el tierno pasto debajo de sus patas o cerrar sus ojos y dormir. Al ver a Alba, la mula relinchó de contento.

"Suba, niña", urgió Alba.

Asustada, Luisa dijo: "Yo no sé montar".

"Yo la ayudo, apúrese, ponga el pie encima de mi hombro y agárrese de la crin". Alba se agachó para que Luisa la usara de escalón.

Para Luisa, criada en la ciudad, esta era una tarea imposible de realizar de un momento a otro. La mula le parecía inmensa. "No puedo Alba, de verdad no puedo. Sé que me voy a caer".

"Salté sobre la mula y deje que el resto lo hago yo", Alba se mostraba impaciente con los remilgos de su compañera. "Apúrele, tenemos que largarnos antes de que alguien nos vea. Al dueño de la mula no le gusta que nadie se meta con sus animales. Tiene una cantidad de hijos de lo más patanes que cuando me ven me sacan corriendo".

La mula esperaba pacientemente, volteando la cabeza de vez en cuando como si quisiera ayudarles a solucionar el problema. Después de varios intentos y fracasos, Luisa logró pasar la pierna por encima y quedar montada sobre el lomo del animal.

Con una agilidad que Luisa nunca había presenciado, Alba saltó sobre la mula, se sentó adelante de ella, cogió el lazo que colgaba del cuello del animal y se agarró de este.

"Sujétese bien de mí", ordenó Alba, golpeando al jumento con los pies.

Luisa se fue hacia atrás, pero no alcanzó a caerse. Aterrorizada, se agarró del cuerpo de Alba como a su tabla de salvación. "¡Dios mío!", gritó.

¿Cómo era posible que se encontrara en ese remoto lugar de la tierra, en compañía de una niña que apenas conocía, huyendo de un lugar que hacía unos días no sabía que existía? A Luisa le encantaban las aventuras, por lo menos las que leía en los libros, pero la que estaba viviendo no estaba ni en sus más remotos sueños. ¿Cómo había llegado a ese momento?

"Oiga, ¿pa'onde van con esa mula?", gritó alguien desde un lugar cercano, devolviendo a Luisa a la realidad que no lograba asimilar.

Luisa sintió que el corazón se le paraba. "¡Alba, corra, nos van a coger!", chilló con desesperación.

"¡Péguele a la mula con manos y pies!", Alba gritó.

Movían los pies como enloquecidas, golpeando al animal con todas las fuerzas de que eran capaces, haciendo que este trotara tan rápido como podía. El hombre que las perseguía corría detrás tirándoles piedras y gritándoles que se bajaran de la mula. Poco a poco perdió ventaja quedándose rezagado. Lo oían gritar enfurecido.

A los gritos del hombre salió alguien disparando al aire.

Las balas espantaron a la mula que, asustada, emprendió veloz carrera. Luisa se agarró de Alba con todas sus fuerzas. Alba a su vez se prendió de la crin del animal como si fuera una garrapata. Los gritos se oían en la lejanía lo mismo que uno que otro disparo que sentían acercarse peligrosamente.

La mula paró la carrera de repente. "Llegamos al río", Alba gritó desde la nuca del animal donde había ido a caer con la súbita parada.

"¿Cómo pasaremos el río?", Luisa preguntó con ansiedad.

"La mula nos tiene que pasar o esos hombres nos matan. ¡Si ellos no lo hacen, mi falso papá lo hará!", Alba exclamó, volviendo a colocarse en su lugar y pegándole a la mula que se empeñaba en no moverse de donde estaba.

"Niño Jesús, ayúdanos", imploró Luisa como lo había hecho tantas veces desde que se cayó del tren.

El ruido de pasos se sentía más cerca. Otro disparo estalló en el aire. El animal, aturdido por el estallido, entró al río.

"¿Las mulas saben nadar?", preguntó Luisa al sentirse casi sumergida entre las aguas del caudaloso río.

"No sé, pero esta lo va a hacer", Alba respondió con firmeza. "No podemos arriesgarnos a pasar por el puente. De seguro que allá nos encuentran si lo hacemos".

El terror que Luisa sentía era tan grande que otra vez creyó no poder resistirlo. Una persona se puede morir de miedo, de eso estaba segura. Un terrible alarido salió de su garganta.

El animal avanzaba lentamente. Luisa estaba convencida que había llegado al final de sus días. "¡Alba, nos vamos a ahogar! ¡No quiero morir. Haga algo, por favor!".

"No nos ahogaremos, no nos ahogaremos. ¡No!", Alba continuó gritando las mismas palabras mientras jalaba el lazo que le servía de rienda, tratando de mantener el animal a flote.

De repente, la mula dejó de moverse y empezó a hundirse. Luisa gritaba con desespero. Alba continuaba jalando del lazo. Al sentir que el agua le entraba por boca y nariz, el animal reaccionó y pataleando con desespero llegó a la otra orilla.

Más contratiempos

"¡Llegamos a la orilla!", Alba gritó abrazando a su compañera. La mula relinchó y se sacudió con tal fuerza que tumbó a las pequeñas jinetes.

Luisa se levantó, sorprendida de no haberse hecho daño. "Esta es la tercera vez que atravieso este río". Habían caído sobre la arena. Luisa sintió que le quitaban un gran peso de encima. Estaban a salvo. Nunca se había sentido tan feliz de estar en tierra firme. Los zapatos llenos de agua chirriaban con cada paso que daba. Sentía extrañas las piernas.

Las balas habían dejado de sonar. Mientras esperaban a que la mula se calmara, Luisa le contó a Alba sobre el viaje a la finca a la que se dirigía con sus padres cuando se cayó del tren. Parecían necesitar un momento de expansión antes de continuar la jornada. Habían estado bajo una presión inhumana.

Alba sujetó la mula del lazo. "Es tarde y cierran la telegrafía a las siete. Súbase".

Luisa ya no le tenía miedo al jumento. Estaba ansiosa por llegar al pueblo y llamar a sus padres, o por lo menos comunicarse con Graciela. Sin pensar en el tamaño de la mula ni en nada más que en volver a su casa, Luisa, con la ayuda de Alba, se trepó al animal.

La mula arrancó a trotar, feliz de estar fuera del agua, la que no parecía haberle gustado nada. Luisa no veía la hora de volver a ver a su familia. En su mente ya era una realidad. El aire fresco del crepúsculo abrazaba su cuerpo, llenándola de optimismo. No hablaron por un buen rato. Luisa pensaba en lo absurdo de su situación. Era realmente inverosímil. No dejaba de considerar que de un momento a otro se despertaría.

"¿Oyó eso?", Alba preguntó, sacándola de sus cavilaciones.

"¿Qué?", Luisa volteó a mirar asustada.

"Shshsh". Alba jaló del lazo para hacer que el animal parara su trote. "Estoy segura que oí un ruido extraño".

Se quedaron quietas, casi sin respirar, escuchando atentamente.

"Debe ser el viento moviendo los árboles", Luisa dijo, relajando los músculos al no oír nada.

"Tal vez", contestó Alba, reanudando la marcha.

"¡Las cogimos!". El grito les llegó a los oídos con la fuerza de un vendaval.

"¡Alba!, nos encontraron. ¡Dios mío!".

"No dejaremos que nos agarren, lo prometo". Alba volteó a mirar por una fracción de segundo, como para asegurarse de la identidad de sus perseguidores, le pegó a la mula, que asustada con los gritos obedeció de inmediato.

Luisa vio al gordo y a su hijo pisándoles los talones. La pareja, a caballo, estaba ya alcanzándolas. "Nos van a atrapar, no lograremos escapar", dijo Luisa, casi resignada a su suerte.

"¡No!, no nos atraparán", Alba dijo con tanta determinación que Luisa le creyó.

"Estúpidas criaturas. ¿No creerían que las dejaríamos ir? Se van a arrepentir de haberlo intentado". La voz del hombre llenó el espacio, esparciendo las palabras por el campo que las rodeaba.

Las alcanzaron antes de que pudieran hacer nada. Alba no se daba por vencida y seguía empujando hacia adelante.

"¡Alto!", gritó el muchacho.

"Salte sobre esa mula y párela", le ordenó el gordo.

Marco saltó en el momento que Alba le dio vuelta completa a la mula, devolviéndola. El chico parecía haber quedado suspendido en el aire, listo a caerles encima.

La mula, asustada por los gritos, parecía volar con Alba agarrada a la crin, casi colgando del cuello de la bestia. Luisa, escurriéndose hacia la parte de atrás del animal, se agarraba del vestido de Alba con desesperación.

Alba gritó: "¡Téngase bien! ¡No se suelte!".

El galope de un caballo las seguía. Luisa había visto a Marco caer aparatosamente. El gordo se las había arreglado para devolverse y continuar su persecución.

Con mucho esfuerzo, Alba logró subirse otra vez sobre la mula. Luisa no pudo sostenerse, soltó el vestido de su compañera y fue a caer sobre unos arbustos. La mula continuó su camino, seguida del caballo que la perseguía.

Luisa rodó varias veces, pegándose en la cabeza contra una piedra. No tuvo consciencia de nada más.

Se despertó confundida. ¿Dónde estaba? Sintió arena y chamizos bajo su cuerpo. ¿Por qué estaba afuera en una noche tan oscura? Se quedó quieta, tratando de aclarar su mente, tupida por la angustia y el terror, los que parecían haberse convertido en sus más asiduos acompañantes.

El tiempo pasaba lentamente mientras Luisa trataba de recordar. El tren, el gordo, el chico, el encierro, Alba, la caída, los acontecimientos de los últimos días cayeron sobre ella con la fuerza de un ciclón.

Tenía un terrible dolor de cabeza. ¿Qué haría ahora? ¿Dónde estaba Alba? ¿La habría alcanzado el gordo? Se había quedado sola. Un llanto silencioso mojaba sus mejillas. Una sensación de impotencia la aplastaba.

El avasallador silencio llenó a Luisa de congoja. El terror de encontrarse con la pareja que las perseguía la llevó a esconderse detrás de los arbustos. Esperar era su única opción. Estaba oscuro y no conocía el área, pero de alguna manera sabía que sobreviviría. Alba le había enseñado que lo imposible podía suceder.

Después de una espera eterna, rendida por la angustia y el llanto, Luisa se quedó dormida.

"Luisa, Luisa, ¿dónde está? Conteste por favor".

La voz penetró sus sueños, dio media vuelta, disturbando la maleza sobre la que se encontraba, y continuó durmiendo.

"¿Está por ahí? ¡Conteste!".

La voz llegó con claridad a sus oídos. Abrió los ojos y se sentó en posición de alerta. No veía nada; la oscuridad era total. ¿Quién la llamaba? ¿Sería Alba?

"Luisa, oí ruidos, conteste".

"¡Estoy aquí!", gritó Luisa, esperando ansiosa a que Alba la encontrara en la oscuridad.

"Siga hablando hasta que la encuentre y no se mueva".

Como un disco rayado, Luisa gritaba "¡aquí, aquí!, hasta que se encontraron y se abrazaron llorando.

Luisa sintió un alivio tan grande que no podía dejar de llorar. Al fin se controló y dijo, "¿Qué pasó? ¿Cómo hizo…? Creí que el gordo la había alcanzado y se la había llevado. Tenía tanto miedo…".

Alba se sentó cerca. "Le prometí que no dejaría que lo hiciera. Yo creí que él iba a agarrarla cuando se cayó de la mula, pero parece que no la vio. Después me dio miedo que se hubiera ido sola a buscar el pueblo o le hubiera pasado algo. Vine tan pronto pude. Hace rato que la estoy buscando".

"Pero… ¿cómo logró huir? El gordo iba detrás de la mula. Cuando me caí vi que ya la alcanzaba".

"Lo confundí dando tantas vueltas que de seguro se mareó y se desorientó. Yo ya me había escondido detrás de una piedra grandota, no muy lejos de aquí. Debió creer que me había escapado por la trocha que va al pueblo. Se cansó de esperar y se largó". Alba parecía feliz de haber conquistado la difícil situación. "La mula está allí cerca, amarrada a un árbol".

"¿Cómo lo hizo? Yo nunca hubiera podido… Usted es una niña como yo". Para Luisa, lo que había hecho Alba era una hazaña de tal magnitud que le era imposible comprender.

"Una aprende rápido cuando le toca, y a mí me tocó", Alba dijo filosóficamente. "Ahora vamos a continuar con nuestro plan. Habrá que esperar un día más pa'ir al pueblo. Estoy segura que ellos creen que nos fuimos pa'l otro pueblo que queda más cerca".

"Nos pueden encontrar aquí si no nos vamos ya". Luisa volvió a sentir ese terror que parecía habérsele clavado en el alma.

"No podemos irnos en la oscuridad, es peligroso y nos perderíamos". Alba se acomodó sobre la maleza. "El camino es largo y necesito luz pa'orientarme. No se preocupe que no nos buscarán en la oscuridad. Cuando amanezca nos vamos pa'l pueblo por el bosque. Ya verá que nos van a estar buscando desde temprano, pero no se les ocurrirá buscarnos allá. Es muy tupido y la gente le tiene miedo. Ahora mejor vamos a dormir, estoy muy cansada". Alba recostó la cabeza sobre el brazo y de inmediato se quedó dormida.

A Luisa le tomó mucho tiempo volver a conciliar el sueño, estaba demasiado preocupada con el día siguiente. El tupido bosque no le inspiraba ninguna confianza.

¿Qué le habría sucedido al flaco? ¿Se habría marchado con su padre o las estaría esperando por ahí en la cercanía? ¿Las encontrarían antes de llegar al bosque? Pregunta tras pregunta formulaba su cerebro, asustándola cada vez más.

El bosque

Empezaron la jornada al amanecer. Tenían hambre y estaban asustadas. Alba le dijo a Luisa que les tomaría la mayoría del día atravesar el bosque.

"¿Nos estarán buscando ya?", Luisa preguntó mientras trotaban por el campo abierto.

El cuerpo de Alba se puso rígido. "Seguro que sí. La recompensa que esperan recibir de sus papás por haberla encontrado y mis servicios no los van a perder así sin más ni más".

"No nos van a encontrar". Luisa trataba de ser fuerte y optimista como su compañera.

Con todo y el terror que le tenía Luisa al bosque, que se imaginaba estaría lleno de animales y de toda clase de peligros, le parecía que no llegaban pronto a este.

Alba paró la mula debajo de un árbol de mango y arrancó varios. "Cómase uno, guarde estos otros en el bolsillo pa'comer en el camino. Vaya una a saber cuando consigamos algo más que comer. Hay un arroyo cerca donde podemos beber. El agua es limpia".

El mango que Luisa se comió estaba verde y ácido pero le supo a gloria. Se apearon en el riachuelo, se bañaron la cara y las manos y bebieron.

"¡Alguien viene, siento pasos!". Luisa soltó el agua que tenía en las manos y que se llevaba a la boca en ese momento.

"Vamos", Alba saltó sobre la mula y le estiró la mano a Luisa, quien como impulsada por un resorte, montó el jumento de un salto. Pasaron el arroyo tan rápido como pudieron y se internaron en el bosque.

"¿Cree que nos vio?", Luisa preguntó.

"No sé. ¿Vio quién era?".

"No muy bien, pero creo que era un hombre, llevaba puesto un sombrero de hombre". Luisa miró hacia atrás temblando del susto.

"Aquí en el campo hombres y mujeres usan los mismos sombreros".

"¿Verdad?". La pregunta de Luisa no encontró respuesta. No era el momento oportuno para hablar de las costumbres de los campesinos.

"Nadie nos encontrará aquí", Alba aseguró enfáticamente.

"Creo que era Marco", Luisa dijo con voz temblorosa.

"No importa. Él nunca vendría solo al bosque. Marco es muy bueno para hacer de las suyas, pero es un cobarde. Olvídese de él".

Con dificultad se abrían paso por entre la espesa naturaleza. Había sitios por donde la mula no cabía y le tenían que despejar el camino como podían. Esta, obstinada, rechazaba moverse hasta que Alba la convencía con órdenes y cariños. Unas veces montaban la mula y otras caminaban y jalaban al animal para que las siguiera. Así transcurrieron varias horas, descansando de vez en cuando. Viajaban en silencio, no queriendo compartir el terror que llevaban dentro.

Luisa nunca se había imaginado que un bosque fuera tan grande y abrumador. En los libros que había leído había visto fotografías e ilustraciones de bosques de pinos y caminos bordeados de plantas, muy diferentes a la realidad que vivía. En ese momento se sentía tan pequeña como una hormiga, aterrada de que la inmensidad de la naturaleza que la rodeaba se las tragara sin dejar rastro.

Era inexplicable para Luisa comprender los acontecimientos que vivía día a día y momento a momento. No cesaba de preguntarse qué hacía en la mitad de un bosque, en compañía de una singular niña campesina. ¿Cómo podía ser?, se preguntaba una y otra vez. ¿Era ella la misma que había salido de la ciudad hacía unos días? No se sentía como Luisa, la chica popular de su clase, la única hija de sus padres, la que siempre obtenía lo que quería. ¿Volvería algún día a ser esa persona?

Luisa empezó a dudar de que alguna vez lograran salir del aterrador bosque. "No puedo caminar más. Los zapatos están rotos y mire como me sangran las piernas. Hace mucho que no paramos a descansar".

La mula relinchó varias veces y bajó la cabeza. Parecía estar tan cansada como ellas.

"Está bien, pero sólo por un rato, tenemos que llegar al pueblo antes de que cierren la oficina de telégrafos". Alba soltó la mula para que pudiera comer maleza y hojas. La campesina se veía frágil y pequeña recostada contra el árbol que había escogido para descansar.

Luisa no dijo nada. Estaba tan agotada que no tenía energía ni para hablar. Los mosquitos hacían un festín de sus extremidades. Las mangas del pulóver estaban desgarradas lo mismo que el resto de su ropa que ya casi no la cubría.

Luisa escuchó ruidos. Estaba segura de haber visto sombras de criaturas extrañas que la pusieron a temblar. "¿Hay animales en este bosque?".

"Claro que hay toda clase de animales. Hay conejos, ardillas, lagartijas, algunos animales raros y serpientes", Alba dijo, poniéndose de pie para continuar la jornada.

"¿Serpientes?", Luisa brincó con la sensación de sentir al resbaloso animal sobre su cuerpo. "Podemos morirnos entre estos árboles sin que nadie nos encuentre". El solo pensamiento la llenaba de angustia.

Alba no hizo ningún comentario.

Con gran esfuerzo continuaron caminando hasta que ya no podían moverse. El día empezaba a desaparecer y la naturaleza se hacía cada vez mas espesa. Mula y niñas arrastraban patas y pies por entre la maleza.

"¡Mire!", chilló Luisa al ver saltar una serpiente sobre un pequeño animal que no alcanzó a distinguir.

Alba la agarró de un brazo. "Quédese quieta. No nos tocará si no la molestamos".

Se quedaron inmóviles, sosteniendo la respiración, esperando que la serpiente tomara otra dirección. El pequeño animal había logrado zafarse y había desaparecido. La culebra se dirigía hacia donde ellas se encontraban. Luisa la observaba como hipnotizada. Tenía la boca seca, las piernas le temblaban y el terror era tal que otra vez creyó morir.

La serpiente se arrastró holgadamente por entre las infelices niñas y se refundió entre la naturaleza. Luisa cerró los ojos, estaba segura de que se iba a desmayar. Agarrada del

brazo de Alba, soportó de pie por un largo rato antes de atreverse a mover un músculo de su cuerpo.

"Vamos", Alba susurró, tirando de la mula.

Caminaron sin rumbo por una eternidad.

Luisa preguntó: "¿Estamos perdidas?".

"No, llegaremos pronto", Alba contestó con menos confianza que antes.

Caminaron otro trecho. Luisa empezó a ver que todo se movía frente a ella, los árboles se le venían encima. Se dejó caer sobre un tronco y dijo: "No puedo caminar más".

"Tiene que hacerlo. Párese". Alba trató de jalarla de los brazos. "Yo también estoy cansada, pero tenemos que salir de aquí antes de que oscurezca".

Luisa no se movía, no podía hacerlo, las piernas no le obedecían y apenas entendía lo que le decía Alba. "Tengo tanto sueño que no puedo mantener los ojos abiertos. Déjeme dormir, por favor. Yo…".

Terror en el bosque

Un dolor agudo en el costado derecho despertó a Luisa. La oscuridad la hizo refregarse los ojos, como si quisiera asegurarse de que los tenía abiertos. ¿Dónde estaba? Se llevó la mano a la parte dolorida. ¿Por qué estaba acostada en una superficie tan dura? Se sentó, confundida, tratando de recordar. Las imágenes de los últimos días, con cada uno de los fantásticos acontecimientos, otra vez se agolpaban en su mente.

"Alba", Luisa llamó. No hubo respuesta. "¡Alba!", gritó. Silencio. "Despierte. No quiero estar sola. Tengo miedo". Pasó la mano sobre el piso, encontrándose con palos, hojarasca y arena. "¿Alba, dónde está?".

La quietud y el silencio la apabullaron. Se esforzó por recodar qué había pasado antes de que se durmiera. La imagen de Alba apurándola a salir del bosque antes de que oscureciera le llegó con claridad. ¿La habría abandonado su amiga? ¿Qué iba a hacer ahora?

"¡Alba! Por favor vuelva. No me deje aquí sola. ¡Alba, Alba, Alba!", gritó hasta que la palabra se ahogó dentro de su garganta. El aire estaba pesado y caliente. Tenía la cara, el cuello y la espalda empapados en sudor.

Luisa trataba de enfocar los ojos en el área que la rodeaba pero no veía nada. Una completa oscuridad la envolvía. Buscó las estrellas en el firmamento, encontrándose con más oscuridad. "¡Dios mío! ¿Por qué estoy aquí? ¿Por qué me mandaste a este lugar?".

El estruendo de una tempestad que se aproximaba hizo que se pusiera de pie. Luisa odiaba las tempestades. Mamá siempre se quedaba con ella cuando había tormenta. "Mamá, papá, ¿por qué está pasándome todo esto? ¿Por qué me caí del tren? ¿Por qué se fue Alba sin mí?". Había estado tan cerca de volver a casa.

Los relámpagos iluminaron los inmensos árboles que la rodeaban. Alguna vez había oído que los árboles atraían los rayos. ¿Iría a morir allí? El instinto la retrocedió unos pasos, en espera de encontrar refugio del peligro que se avecinaba. No había sitio donde esconderse.

Luisa abrazó su cuerpo y esperó. "No voy a pensar. Nada está sucediendo. No hay tormenta. Es sólo una pesadilla". Se sentó, se arrulló y cerró los ojos y los oídos a los relámpagos y rayos que retumbaban sobre su cabeza.

La torrencial lluvia cayó sobre Luisa lavando su cuerpo pegajoso de sudor. Una sensación de alivio la envolvió. La lluvia cesó tan rápido como llegó. El aroma a tierra mojada, a madera y a plantas penetró por su nariz con intensidad. Era un aroma que no conocía. Le gustó.

¿Adónde se había ido Alba?, Luisa se preguntaba una y otra vez. ¿Se habría ido al pueblo sin ella? ¿Estaría perdida? No, Alba no la habría dejado después de todo lo que habían pasado juntas. Le dolía la cabeza de tanto pensar en su increíble situación. Tenía retorcijones de estómago de hambre. Si no estuviera tan oscuro, iría a buscar a su amiga. No podría hacer nada hasta que saliera el sol.

Luisa se quitó el pulóver y lo puso en el piso. "Pronto se secará", dijo en voz alta. Necesitaba oír el sonido de su voz. Se recostó contra el árbol que tenía detrás, abrazó su torso desnudo y se quedó dormida.

El brillo del sol penetró a través de los párpados de Luisa. Una brisa suave acariciaba su piel. Cada despertar se había convertido en un misterio que tenía que desenredar antes de estar consciente del momento que vivía.

"Alba, Alba", Luisa murmuró, recordando su situación. Agarró el desgarrado blusón y se lo puso. El resto de la ropa se había secado sobre su cuerpo.

Si no estuviera tan asustada de estar sola en la inmensidad de la tierra, Luisa hubiera gozado la maravillosa mañana que la saludaba con tanta belleza. Había un delicioso aroma en el aire que inhaló con placer. No pudo menos que admirar y regocijarse en la magnificencia de la naturaleza que la rodeaba. Árboles inmensos bailaban a su alrededor, movidos por la brisa de la mañana. Luisa levantó los ojos hacia el cielo azul y oró para que apareciera Alba, salieran del bosque y llegaran al pueblo a llamar a sus padres.

Con gran cuidado Luisa se movió por entre la maleza en busca de un sendero que la sacara de allí. De alguna manera esperaba que una mano invisible la guiara, pues sabía que por sí sola no podría.

Unos inmensos ojos la observaban. Luisa saltó hacia atrás. "Bambi", dijo quedito, recordando al hermoso venado de uno de sus cuentos y programas de televisión favoritos de cuando era pequeña. "Un lindo bebé venado". Luisa corrió hacia el animal. Ansiaba la compañía de un ser viviente. "Venga, déjeme tocarlo. No tenga miedo".

El venado se asustó al oír la voz de Luisa y salió en veloz carrera, dejándola otra vez sola. Corrió en su búsqueda pero el animal parecía haberse evaporado. Descorazonada, caminó sin rumbo, siguiendo un sendero casi inexistente que la llevó hasta un espeso matorral.

¿Qué tal que otra serpiente estuviera arrastrándose donde no la podía ver? Luisa saltó, pero no había camino a seguir.

Un sonido, claro, preciso, la sobresaltó. Esperó muy quieta confiando en que fuera el venado. Este no apareció. "¿Alba, es usted?". No hubo respuesta. Luisa esperaba a la expectativa, olvidándose por el momento de las culebras. El ruido se sentía más cercano. "Alba, Alba, conteste por favor. ¿Por qué no dice nada? Tengo mucho miedo".

El pensar en que Marco y su padre la pudieran encontrar la paralizaba del terror. Esta vez no habría escapatoria posible. Si no le tuviera tanto miedo a las serpientes, se escondería bajo la maleza.

En una acción casi automática, Luisa se agachó hasta sentarse, esperando lo peor. El sonido de pasos paró cuando creyó que llegaban hasta ella. Sin atreverse a abrir los ojos esperó a que algo sucediera. Nada pasó. Confiando en que fuera su amiga, decidió mirar.

Perdida en el bosque

Los aullidos hicieron que Luisa retrocediera de un salto. Nunca había oído a un perro aullar de esa forma. Pensó en apaciguar al feroz animal, pero las palabras no tenían sonido. Su cerebro, paralizado, no respondía.

Se quedó petrificada, congelada, mirando al animal que continuaba aullando a pocos pasos de distancia. Le pareció que una eternidad había pasado antes de que pudiera reaccionar. ¿Un lobo? Claro, no era un perro sino un lobo. Le llegó como una revelación. En el colegio había estudiado sobre lobos y otros animales salvajes. Las ilustraciones de uno de los primeros libros que leyó le llegaron de repente. Luisa vio a Caperucita Roja con

tal claridad como si hubiera asumido su personalidad.

Si se movía, la bestia la atacaría. No le cabía la menor duda. ¿Cuánto tiempo podría quedarse quieta como una estatua? Caperucita Roja era un cuento, pero ella era un ser real con un lobo real enfrente. Tenía que pensar rápido. Alba sabría qué hacer. Pero su salvadora no estaba allí. Tendría que arreglárselas ella sola.

El lobo empezó a gruñir, mostrando unos enormes colmillos. Como empujada por una fuerza extraña, Luisa se subió al árbol que tenía más cerca y trepó con tal urgencia que se resbaló. Vio que el lobo ladraba y daba vueltas alrededor del árbol. De alguna manera logró agarrarse de una rama. En la maniobra se cortó los labios y le sangraban.

"Dios en el cielo, ayúdame, por favor". Luisa sintió que el animal rasguñaba el tronco. ¿Se subiría detrás de ella? Cerró los ojos. ¿Saldría viva de esta? No había logrado trepar lo suficiente para estar fuera del alcance del lobo. Podía sentir en sus piernas la respiración del feroz animal. En unos momentos la alcanzaría.

"¡Alguien, por favor, ayúdeme!". Luisa lloró, llanto que se convirtió en un aterrador grito, liberando en algo el caos que llevaba dentro. Alcanzó una rama grande que tenía encima, dándole la palanca que necesitaba para llegar más alto. El lobo continuó ladrando, aullando y haciendo esfuerzos por alcanzarla.

Luisa no paraba de gritar, encontrándose en una pelea de alaridos, gritos y ladridos. De pronto se dio cuenta que le estaba ladrando al lobo. Como si hubiera entendido lo que ella gritaba, el animal paró de ladrar. Con los ojos cerrados, Luisa continuó emitiendo extraños sonidos que salían de su garganta como si fuera otro lobo.

Al darse cuenta que el único ladrido que se oía era el suyo, Luisa dejó de gritar y miró hacia abajo. El lobo estaba todavía ahí, observándola en silencio. Se miraron por un largo rato.

Sentía los labios hinchados, como si tuvieran tres veces su tamaño normal. Las manos le sangraban y había sangre sobre la parte del árbol donde se recostaba.

"¿Hasta cuándo se va a quedar ahí?", Luisa preguntó en voz baja, temiendo que el lobo empezara a ladrar de nuevo. No aguantaba más en la posición en la que se encontraba. Tenía una astilla clavada en una pierna, le dolían las manos y le ardían los labios. Pero no había nada que pudiera hacer fuera de esperar aferrada al árbol.

Pasó el tiempo. El dolor en las manos se hacía inaguantable. "No puedo soltarme. No puedo soltarme", repetía una y otra vez.

No pudiendo tolerar más el dolor, Luisa buscó una mejor posición aunque disturbara la bestia. Súbitamente el lobo dio media vuelta y se alejó. Luisa, extenuada, abrazó el árbol. Sacó fuerzas de alguna parte y se las arregló para levantar una pierna y sentarse sobre el tronco.

¿Sería posible que estuviera viviendo acontecimientos tan extraordinarios? Como tanta otras veces durante los últimos días, Luisa dudaba de la realidad que vivía. Estas aventuras solo sucedían en los libros y en las películas. Se llevó la mano a los labios. Ya no sangraban pero le ardían mucho. ¿Saldría algún día de la pesadilla que vivía? ¿Volvería a casa de sus padres, al colegio, a estar con sus amigas y su familia?

"Tengo hambre, tanta hambre que me podría comer una piedra", Luisa dijo en voz alta, como si esperara que alguien atendiera su llamado. Escudriñó el árbol pero no encontró nada comible. "¿Qué hago? Necesito bajarme pero tengo miedo. ¿Alba, por qué me dejó sola?

Se dejó escurrir unos centímetros, pero se volvió a trepar al oír ruidos. "Volvió el lobo", Luisa murmuró en pánico, se abrazó al árbol otra vez y esperó.

Pasaron unos minutos. No estaba segura si realmente había oído ruidos o si su alterada imaginación los había inventado. Levantó la cabeza, miró hacia abajo y escuchó. Nada, no había ninguna indicación de que el lobo hubiera vuelto. "Seguro que está escondido en alguna parte, esperando a que baje para cogerme desprevenida". Luisa se abrazó con más fuerza al árbol y esperó.

El sonido de pasos hizo que Luisa volviera a entrar en ese estado de terror en el que parecía mantenerse la mayoría del tiempo. Ahora sí estaba segura que alguien andaba por los alrededores. El sol la encandiló. El lobo debía estar detrás de algún árbol o arbusto, esperando el momento oportuno para atacar. ¿Cuánto tiempo podría soportar aferrada al árbol? El dolor de estómago por el hambre que tenía era ya intolerable.

"Luisa", oyó que llamaban. ¿Estaría oyendo voces? Luisa fijó la vista, tratando de ubicar el lugar de donde venía el sonido. Las hojas se movían en la distancia. Esperaba ver al feroz animal salir de entre la maleza en cualquier momento.

"Luisa, ¡Luisa!". Su nombre nunca había tenido un sonido tan melodioso, ni siquiera la noche que se cayó de la mula y oyó a Alba llamarla. De todas maneras esperó a que la voz se acercara. Quería estar segura de que no era una invención de su imaginación.

"Conteste, por favor. Soy yo, Alba".

"¡Aquí, en el árbol!", Luisa gritó tan pronto vio a su amiga. Le parecía mentira que Alba hubiera vuelto.

"¿Dónde? No la veo". Alba giró a la izquierda.

"¡Alba!, mire hacia arriba. No se vaya".

"¿Qué hace allá? La he estado buscando y llamando desde temprano".

"Es una historia larga. Ayúdeme a bajar". Luisa se puso en posición de descender.

"Quítese los zapatos y déjese resbalar".

Luisa obedeció. Tiró los destrozados zapatos al piso y empezó a bajar.

"Despacio, no mire pa'abajo. Tranquila". Las instrucciones de Alba llegaban a los oídos de Luisa con claridad. Pronto llegó a la altura apropiada para dar un salto y agarrar la mano que le tendía Alba.

"Estoy tan contenta de verla", Luisa dijo, abrazando a la chica que la rescataba una y otra vez. "¿Dónde estaba? ¿Por qué me dejó sola? Tenía tanto miedo".

Alba se sentó. "Ayer, cuando se quedó dormida, decidí ir a buscar algo pa'comer. Se me hizo tarde y cuando me di cuenta ya estaba oscuro y no encontré el camino de vuelta. Caminé un rato pero me desorienté y entonces decidí esperar hasta que amaneciera. Pasé la noche allá pa'quel lado, debajo de unos arbustos. ¿La asustó la tormenta?".

Luisa se acurrucó junto a Alba. "Sí, fue horrible. Todo fue horrible. No sabía si se había perdido o se había ido. Yo también la fui a buscar esta mañana. Alba, no sabe todo lo que me ha pasado". Luisa le contó a su amiga sobre la tempestad, el venado y cómo había tenido que subirse al árbol cuando la acorraló el lobo.

"Yo oí los aullidos pero creí que venían de lejos. Tome, coma". Alba le dio una manotada de moras que sacó del bolsillo. "Tal vez encontremos algo más pa'comer en el camino".

Luisa esperaba una reacción más entusiasta a su relato, pero su estómago no estaba para remilgos y no dijo nada. Alba era muy diferente a las personas que ella conocía. Luisa se comió la fruta. Los labios le ardieron con la acidez de las moras. "Gracias, tengo tanta hambre que me podría comer uno de estos árboles".

"Vámonos", Alba dijo. "Tenemos que salir de aquí pronto".

"¿Dónde está la mula?". Luisa no veía a su cuadrúpedo acompañante por ninguna parte.

Alba señaló hacia un lugar en la lejanía. "Tenemos que hacer que ese jumento nos saque de aquí de alguna manera. No lo podremos hacer a pie".

Se dirigieron hacia donde se encontraba el animal, que dormitaba tranquilamente. Alba lo acarició y le murmuró algo en la oreja, antes de decirle a Luisa que se subiera.

Alba brincó y se acomodó sobre la mula. "Esta mañana encontré un sendero que de seguro nos sacará del bosque".

Con el espíritu levantado por las palabras de Alba, Luisa se agarró de una pierna de su amiga para apoyarse y se montó.

La mula trotó por un rato. Las chicas, contentas, parecían no ver el momento de salir del bosque y de las aventuras que parecían esperarlas a cada vuelta del camino.

El jumento se paró de pronto. No hubo poder humano que lo hiciera mover. Alba se apeó. "Caminemos por un rato. Cuando a esta mula le da por no moverse, no hay nada que hacer".

Descansaron un par de veces, recogieron moras y otras cosas extrañas que Alba le hizo comer. Luisa arrastraba los pies. Las piernas, rasguñadas y apaleadas, le dolían. Los labios le seguían ardiendo y sentía que todo le daba vueltas.

"Hemos caminado por una eternidad. Ya no puedo más. Nunca saldremos de aquí". Luisa no pudo controlar los sollozos que estallaron desde muy dentro de su pecho.

"Sí saldremos. Claro que saldremos. Sé que saldremos". Los ojos aterciopelados de Alba brillaban con esa determinación que Luisa no dejaba de admirar.

"Yo no puedo más. Seguro que no puedo". Luisa se dejó caer al piso.

"¡NO!", gritó Alba. "No se siente. Venga, yo le ayudo a subirse a la mula".

Luisa se levantó con gran esfuerzo. Con la ayuda de Alba se encaramó sobre la mula y se desplomó. En la última imagen que Luisa guardó en su mente estaba Alba jalando y empujando la mula.

Estrellas en el cielo

Cuando Luisa abrió los ojos, tenía la cara sobre el pelo sudoroso de la mula. Levantó la cabeza hacia el cielo cubierto de estrellas.

"Alba", Luisa llamó.

"Aquí", contestó una voz ronca.

Luisa miró hacia atrás. Alba se arrastraba colgada de la cola del animal, tenía los pies ensangrentados y parecía medio muerta. La mula apenas se movía.

Las luces del pueblo se divisaban en el horizonte. Habían salido del bosque. Una hermosa luna iluminaba el camino al pueblo. No dijeron nada. El momento al que llegaron era demasiado para ellas. Habían triunfado,

derrotando la adversidad en una aventura que nunca hubieran imaginado.

"¿Cómo llegamos aquí?", Luisa preguntó.

"No sé. Sucedió. Le dije que lo haríamos. Ayúdeme a montar". De algún lugar recóndito de su cuerpo Alba pareció sacar fuerzas para subirse a la mula. "Es muy tarde, la telegrafía ya debe estar cerrada. De todas maneras vamos a ir".

Se acomodaron como mejor pudieron y guiaron al exhausto animal hacia el pueblo. El jumento se movía con una lentitud desesperante.

Al fin llegaron a su destino y se pararon frente a la puerta de la telegrafía, como esperando un milagro. No se veía un alma por ninguna parte. Las calles estaban desiertas.

Luisa no se creyó capaz de pasar más penurias. "Tengo que llamar a mis padres", dijo mirando de un lado para el otro en busca de una respuesta.

"Yo sé donde vive la telegrafista", Alba dijo en voz tan débil que Luisa casi no la oye. "He estado en este pueblo muchas veces. La señorita Herminia es la telegrafista y tiene el único teléfono del pueblo, fuera del de la oficina".

Otra vez la mula rehusó moverse. No teniendo alternativa ni fuerzas para pelear, se apearon y la amarraron al poste de la luz. Según Alba, la casa de la señorita Herminia no quedaba lejos, solo a un par de cuadras, pero para las extenuadas criaturas era como si estuviera a mil cuadras de distancia.

Sosteniéndose la una a la otra, haciendo un esfuerzo sobrehumano, arrastraron los pies hacia la casa de la telegrafista, parando a cada paso. Luisa creyó que nunca llegarían. Alba, extenuada, parecía desfallecer.

"Vamos Alba, ya estamos llegando", Luisa dijo, apoyando a su compañera sobre su brazo. Le había llegado el turno de cuidar a la valiente niña que le había ayudado tanto.

"No puedo más. Le aseguro que no puedo. Vaya sola. La casa queda en la mitad de esa cuadra. Tiene una puerta desteñida". La voz de Alba se apagaba. Se sentó en la acera y puso la cabeza sobre las rodillas.

"No la voy a dejar aquí sola. Descansemos un rato y después continuamos el camino".

Alba no contestó. Se había quedado dormida. Luisa se sentó a su lado y esperó un rato.

"Alba, Alba, vamos, ya ha dormido suficiente. Tenemos que llamar a mi casa. Levántese, por favor".

Alba no respondió. Luisa la sacudió, consiguiendo solo refunfuños de la niña que creía invencible. Alba había hecho tanto por ella que no podía dejarla ahí, tirada en la calle. Tendría que esperar a que se despertara.

Luisa se recostó contra Alba y se quedó mirando las estrellas en el firmamento. Después de un rato creyó verlas mover, acercándose a ella. Luisa extendió la mano. Casi las podía tocar. Qué hermosas eran.

El sonido de voces despertó a Luisa. Abrió los ojos y se sentó. ¿Se había quedado dormida? Amanecía. El sol despuntaba en el horizonte.

Dos viejos, a unos pasos de donde estaban, parecían estar enredados en un caluroso argumento.

"Alba, despiértese", Luisa le susurró al oído no queriendo atraer atención hacia ellas.

"¿Qué? ¿Dónde estamos?".

"No hable tan recio que nos oyen esos hombres. Llegamos al pueblo anoche pero usted se quedó dormida aquí en la calle. Íbamos para la casa de la señorita Herminia". Luisa se puso de pie, lista para partir. "Ya amaneció. Dejamos la mula frente a la telegrafía. La puedo ver desde aquí. ¿Vamos a traerla?".

Alba se refregó los ojos y se sentó. "No, la recogemos más tarde. Vamos a llamar a su papá. Lo último que me acuerdo era que estábamos paradas frente a la telegrafía. Me sentía muy mal".

"Apúrele que ya no aguanto más". La ansiedad tenía a Luisa en terrible estado de agitación. Si pudiera correría hasta llegar a la ciudad. Había esperado tanto... "¿Cree que la señorita Herminia nos deje entrar a su casa? Deben ser como las cinco o seis de la mañana. De todas maneras no puedo esperar a que se levante. Tengo miedo de que algo más pase".

Alba se quedó pensativa. "Claro que nos deja entrar. Es una emergencia".

"¡Aquí está la mula! ¡LAS ENCONTRÉ!".

Alba se puso de pie de un salto. Ambas miraron en dirección al grito que habían oído. Alguien estaba parado junto a la mula. "Deben estar por aquí", oyeron que decía.

Alba emitió un extraño sonido. Su pequeño cuerpo se convulsionó. Es Marco. Seguro que el gordo no lo dejó volver a casa hasta que no nos encontrara. A lo mejor también anda por ahí".

"No puede ser. No puede ser". Luisa sintió que las piernas se le aflojaban como si fueran de gelatina.

"Corra antes de que nos vea", Alba gritó y empujó a Luisa.

Uno de los viejos se percató de la presencia de las niñas. "¿Qué está pasando?".

"Creo que alguien se robó algo", respondió el otro.

A Luisa le dolían los pies pero no le importaba. Necesitaban llegar a su destino.

"¿Adónde van?", preguntó uno de los hombres, agarrando a Alba por el brazo, mientras el otro sujetaba a Luisa.

"Déjenos ir, por favor", Alba imploró.

Luisa sintió que la ira corría por su sangre. No dejaría que la maltrataran más. Estaba cansada de sentir miedo. Dios del cielo, por favor ayúdame una vez más. No deje que Marco nos alcance. En los últimos días había necesitado mucho de Dios. De alguna manera sabía que la había estado ayudando todo el tiempo.

"Ese muchacho que está allá nos quiere hacer daño. Si no nos dejan ir, estamos perdidas". Luisa no le quitaba los ojos de encima a Marco. Este parecía estar mirando hacia donde se encontraban.

"Dejémoslas ir. Son solo unas niñas", dijo el viejo que sujetaba a Luisa.

"¡Nos vio!", Alba gritó. "Corra".

Salieron disparadas. A Luisa se le olvidó que tenía las piernas llenas de rasguños y los pies en mal estado. Oía a Marco gritar que pararan de correr.

Al llegar a la esquina, Alba empujó a Luisa hacia un callejón. "No podremos llegar hasta la casa con él persiguiéndonos. Allá, detrás de la panadería, hay un horno de barro.

Vamos a escondernos ahí hasta que se canse de buscarnos y se largue".

Como si tuvieran alas corrieron hasta encontrarse frente al horno donde se escondieron con gran dificultad.

"Las voy a encontrar de todas maneras. Salgan de donde estén escondidas", Marco gritó. "Les juro que las encuentro. Me las van a pagar".

"Deje la gritería. Necesito dormir", gritó una voz airada.

"¡Cállese!", gritó alguien más.

Marco se calló. Luisa lo oía ir de una lado para otro de la calle, luego silencio. "Se fue. Ya podemos salir".

"No", Alba le ordenó. "Esperemos un rato más. No se dará por vencido así de fácil. Le tiene pánico al gordo de su papá".

Agazapadas dentro del pequeño espacio, esperaron el tiempo que pudieron.

"Se me durmieron las piernas. Tengo que salir de aquí". Luisa salió a gatas del incómodo lugar. Alba no la pudo detener.

"Conozco a Marco y sé que es más terco que la mula. No se va a rendir", Alba dijo, gateando detrás de Luisa. "Tenga cuidado que a lo mejor está por ahí esperando".

Mirando hacia atrás cada dos o tres pasos, caminaron la distancia que las separaba de la casa a la que les había costado tanto trabajo llegar.

Alba se paró frente a una puerta que en alguna oportunidad debió estar pintada de un color oscuro y dijo: "Esta es".

Luisa golpeó con urgencia. No podía esperar un segundo más.

El temido sonido de pasos en la desierta calle resonó en los oídos de Luisa. "No, ahora no. Abran la puerta, ¡POR FAVOR!".

Una brillante mañana

"¿Qué sucede?", preguntó la adormilada mujer entreabriendo la puerta. "¿Qué quieren? ¿No saben que la gente duerme a esta hora?".

Alba empujó el portón de madera y pasó su pequeño cuerpo por debajo del brazo de la mujer. Luisa corrió detrás y cerró la puerta de un tirón.

"¿Cómo se atreven? ¡Fuera de mi casa!".

"Lo sentimos señorita Herminia", Alba dijo, moviéndose hacia atrás como si tratara de evitar algún golpe. "Teníamos que entrar antes de que nos alcanzara".

"¿Quién? ¿Qué está pasando? Ni un paso más". La señorita Herminia agarró a cada una de un brazo y las empujó contra la pared. "Ahora expliquen".

Luisa tomó la palabra y contó su historia tan rápido como pudo. Alba era un genio para sobrevivir, pero hablar no era uno de sus talentos.

La señorita Herminia parecía ser una buena persona, aunque algo desconfiada. Después de hacer muchas preguntas y de oír muchos ruegos, al fin cedió a hacer la llamada que le pedían. Luisa se dio cuenta que la mujer le había creído.

"¿Y si están en la finca? Yo no sé donde queda", Luisa dijo con la angustia oprimiéndole el pecho.

La señorita Herminia marcó el número de teléfono que le dio Luisa. "Primero averigüemos y después nos preocupamos".

Luisa sabía que no estaban fuera de peligro. En cualquier momento Marco las podía encontrar —si de milagro no las había visto entrar a la casa. No era difícil que adivinara que habían ido a buscar a la telegrafista. Después de todo lo que les había pasado, cualquier acontecimiento era posible.

Luisa tomó la bocina que le pasó la señorita Herminia. El teléfono sonó tres veces. "Mamá…" Al oír la voz de mamá Luisa no pudo decir nada y rompió a llorar. Mamá lloraba al otro extremo de la linea. Papá pasó al teléfono gritando,

"¡Luisa, hija! ¿Eres tú?" Con voz quebrada dijo algo más que ella no entendió.

Pasaron varios segundos antes de que Luisa pudiera decir: "Papá, vengan a recogerme". Le dio el teléfono a la señorita Herminia para que le dijera a papá cómo llegar al lugar donde se encontraban.

El tiempo pasaba con una lentitud desesperante. La anfitriona les lavó los pies, las arregló lo mejor que pudo y les dio arroz trasnochado, pan y gaseosa. A Luisa le pareció la comida deliciosa.

"Pueden descansar un rato mientras llegan los padres de Luisa". La dueña de casa las llevó a una habitación con dos camas que invitaban a dormir. "De vez en cuando alquilo este cuarto para ganarme un dinero extra".

La señorita Herminia les hizo más preguntas sobre los acontecimientos de los últimos días, como si quisiera asegurarse de que las increíbles aventuras que le había contado Luisa no fueran todo un rollo. "Traten de dormir. Se ven muy cansadas". Se quedó un momento mirándolas con detenimiento. Satisfecha con el resultado, salió de la habitación.

"¿Me lleva a la ciudad? Puedo trabajar en lo que sea", Alba dijo tan pronto se quedaron solas.

"Sí, ¿no le dije que lo haría?" Luisa peleaba con el sueño que la dominaba. La cama estaba suave y limpia. Hacía muchos días que no dormía en una verdadera cama y tenía mucho sueño atrasado.

"Gracias". Alba se tapó con la cobija y cerró los ojos.

"Niñas, despierten. Luisa, ya llegaron sus papás".

Antes de que Luisa se diera cuenta de donde estaba, papá y mamá la abrazaban. La emoción los dominó con tal furor que no cesaban de llorar y abrazarse.

"Creí que estaban en la finca. Tenía miedo de no encontrarlos. ¿Qué hubiera…".

"Shshsh". Papá puso la cabeza de Luisa contra su pecho. "Ya pasó todo. Pronto estaremos de vuelta en casa".

"¿Por qué volvieron a la ciudad?", Luisa podía jurar que papá y mamá estaban buscándola por todos los rincones de la tierra. Se dirigió a mamá. "¿por qué no me buscaron? Los esperé todo el tiempo".

Mamá suspiró y le tiró los brazos. "Nos bajamos del tren tan pronto como pudimos y te buscamos por todas partes. La policía nos aconsejó que volviéramos a la ciudad y esperáramos. Creímos enloquecer. Dos días más tarde recibimos una llamada de un hombre. Nos dijo que te había encontrado y que esperaba una recompensa. Prometió llamar al día siguiente para dejarnos saber dónde nos encontraríamos. No volvió a llamar. Bueno, lo importante es que ya estamos juntos. ¡Gracias a Dios!".

Papá abrazó a Luisa. "Esta horrible pesadilla se ha terminado para todos. Debemos tratar de olvidar lo sucedido".

Mamá, riendo y llorando, se unió a papá y a Luisa y los besó una y otra vez.

"Papá, mamá, esta es Alba. Ella me ayudó a escapar. Yo le dije que ustedes la ayudarían".

Papá se acercó a Alba y la abrazó. "Estamos muy agradecidos y haremos lo que sea para ayudarle".

"Alba no tiene padres, vivía con la gente que me llevó a esa horrible casa cuando me caí del tren. Son ladrones y trataron muy mal a Alba. Yo quiero que ella sea mi hermana". Luisa no supo por qué dijo lo de la hermana, aunque estaba segura de querer tener a Alba en casa con ella.

Mamá se sentó junto a la niña de los ojos grandes y aterciopelados, le acarició el cabello y la abrazó. "Siento mucho que haya sufrido por tanto tiempo. Nos encantaría que viniera a casa con nosotros. No creí poder tener más hijos, y ahora del cielo me cae una nueva hija".

"Será una bendición el llevarte a casa", dijo papá, corroborando lo que había dicho mamá. "Las personas que las hicieron sufrir a las dos serán castigadas, se los prometo".

"¿Verdad? ¿Están seguros que me puedo ir con ustedes para la ciudad?", Alba preguntó, sin mostrar interés por el posible castigo a la familia que la había usado para servirles. "¿No me están tomando del pelo, cierto?".

"Es verdad. Nos vamos todos a casa", Luisa dijo, feliz de ser ella quien esta vez llevara la riendas de la situación.

Se habían cambiado los papeles. Luisa le enseñaría a su amiga cómo sobrevivir en la ciudad. Le gustó la idea de poderle ayudar a Alba como esta le había ayudado a ella. Había aprendido que la vida era difícil para las personas que como Alba no habían tenido la suerte de nacer en una familia como la suya. Compartiría con su nueva amiga y hermana familia y amigas, incluyendo a Tina. Nunca, antes de la penosa experiencia por la que acababa de pasar, hubiera hecho nada igual.

Alba guardaba silencio. Parecía estar demasiado confusa para poder asimilar que de un momento a otro había adquirido un hogar y una familia.

Se despidieron de la señorita Herminia, a quien papá recompensó generosamente por su ayuda y por haber perdido un día de trabajo. Le dieron las gracias una y otra vez. Ella les dejó saber que su madre la estaba reemplazando en la telegrafía.

Al salir de la casa, Luisa y Alba miraron de un lado para el otro con aprehensión. Los habitantes del pueblo iban de aquí para allá en las ocupaciones del diario vivir. Luisa empujó a Alba para que entrara al automóvil. Al pasar por enfrente a la telegrafía voltearon a mirar.

Luisa dijo: "La mula no está donde la dejamos".

"Marco se la debió llevar", susurró Alba.

Al salir del pueblo vieron al obstinado animal, que por días las había llevado a cuestas, pastar perezosamente en un potrero. ¿Cómo haría para soltarse?, parecían preguntarse la una a la otra. Luisa vio que la mula levantaba una pata hacia atrás y agachaba la cabeza como si las estuviera saludando, o tal vez despidiéndose de ellas.

El sol salía detrás de las montañas cuando el auto de la familia se alejó camino a la ciudad de la que Luisa había salido días antes, llena de contento, anticipando un hermoso viaje en tren. Nunca se hubiera podido ni soñar con todo lo que le había sucedido, mucho menos imaginar que volvería a casa en compañía de una valiente muchachita de grandes ojos negros.

"Gracias por ayudarme", Luisa susurró al oído de Alba.

"Yo quería huir de esa casa tanto como usté. No ve que usté me ayudó más. Me salvó la vida".

"Pronto iremos las dos a la finca. Ahora somos hermanas. ¿Le gusta?".

Alba sonrió. "Sí, mucho", dijo mirando hacia el horizonte con sus inmensos ojos aterciopelados.